Felix Klein

Über die Transformation der allgemeinen Gleichung des zweiten Grades zwischen Linien-Coordinaten

Felix Klein

Über die Transformation der allgemeinen Gleichung des zweiten Grades zwischen Linien-Coordinaten

1. Auflage | ISBN: 978-3-75251-001-0

Erscheinungsort: Frankfurt am Main, Deutschland

Erscheinungsjahr: 2020

Salzwasser Verlag GmbH, Deutschland.

Nachdruck des Originals von 1868.

Ueber

die Transformation

der allgemeinen Gleichung des zweiten Grades
zwischen Linien-Coordinaten

auf eine canonische Form.

Inauguraldissertation,

zur Erlangung der Doctorwürde bei der philosophischen
Facultät zu Bonn eingereicht

und am 12. December 1868 mit Thesen vertheidigt

von

Felix Klein.

Namen der Opponenten:

Emil Budde, Dr. phil.
Ernst Sagorski, cand. phil.
Johannes Seeger, Dd. phil.

Bonn.

Druck von Carl Georgi.

Seinem unvergesslichen Lehrer

Julius Pluecker

in dankbarer Erinnerung

der Verfasser.

Ein Linien-Complex des n. Grades umfasst eine dreifach unendliche Anzahl gerader Linien, welche im Raume
in einer solchen Art vertheilt sind, dass diejenigen geraden Linien, welche durch einen festen Punkt gehen,
einen Kegel der n. Ordnung bilden, oder, was dasselbe
sagt, dass diejenigen geraden Linien, welche in einer festen
Ebene liegen, eine Curve der n. Classe umhüllen.

Seine analytische Darstellung findet ein derartiges Ge-
bilde durch die von Pluecker in die Wissenschaft ein-
geführten Coordinaten der geraden Linie im Raume*).
Nach Pluecker erhält die gerade Linie sechs homogene
Coordinaten, welche eine Bedingungs-Gleichung zweiten
Grades erfüllen. Vermöge derselben wird die gerade
Linie mit Bezug auf ein Coordinaten-Tetraeder bestimmt.
Eine homogene Gleichung des n. Grades zwischen diesen
Coordinaten stellt einen Complex des n. Grades dar.

In dem Folgenden ist es unsere Absicht, die Gleichung
des zweiten Grades zwischen Linien-Coordinaten, einer
Verwandlung des Coordinaten-Tetraeders entsprechend,
auf eine canonische Form zu transformiren. Wir geben
zunächst die allgemeinen Formeln, welche bei einer derartigen Transformation überhaupt in Anwendung kommen.

---

*) Proceedings of the Royal Soc. 1865; Phil. Transactions 1865,
p. 725, übersetzt in Liouv. Journal, 2. Série, t. XI; Les Mondes, par
Moigno, 1867, p. 79; Annali di matematica. Ser. II, t. I; Neue
Geometrie des Raumes, gegründet auf die Betrachtung der geraden
Linie als Raumelement. Erste Abtheilung. Leipzig 1868, bei B. G.
Teubner.

Auf Grund derselben behandelt sich das Problem algebraisch als die simultane lineare Transformation der Complex-Gleichung auf eine canonische Gestalt und der Bedingungs-Gleichung des zweiten Grades, welcher die
Linien-Coordinaten genügen müssen, in sich selbst. Bei
der Durchführung dieser Transformation gelangen wir
insbesondere zu einer Eintheilung der Complexe des zweiten Grades in unterschiedene Arten.

I.

Ueber Linien-Coordinaten im Allgemeinen.

1. Wenn wir die homogenen Coordinaten zweier,
beliebig auf einer gegebenen geraden Linie angenom-
mener Punkte bezüglich mit
$$x_1, \quad x_2, \quad x_3, \quad x_4$$
und
$$y_1, \quad y_2, \quad y_3, \quad y_4$$
bezeichnen, so erhält die gegebene gerade Linie, welche
geometrisch als die Verbindungslinie der beiden Punkte
(x) und (y) bestimmt ist, die folgenden sechs, ebenfalls homogenen Coordinaten:

$$(1) \quad \begin{cases} p_1 = x_1 y_2 - x_2 y_1, & p_4 = x_3 y_4 - x_4 y_3, \\ p_2 = x_1 y_3 - x_3 y_1, & p_5 = x_4 y_2 - x_2 y_4, \\ p_3 = x_1 y_4 - x_4 y_1, & p_6 = x_2 y_3 - x_3 y_2. \end{cases}$$

Es sind dies die aus den Elementen
$$\begin{matrix} x_1 & x_2 & x_3 & x_4 \\ y_1 & y_2 & y_3 & y_4 \end{matrix}$$
gebildeten sechs Determinanten zweiten Grades, mit einem
derartigen Zeichen genommen, dass eine Vertical-Reihe
der Elemente (in unserer Annahme die erste) ausge-
zeichnet auftritt.

Zu Folge der Determinantenform behalten die sechs
gewählten Coordinaten dieselben relativen Werthe, wenn

wir an die Stelle der angenommenen beiden Punkte (x)
und (y) irgend zwei andere Punkte der gegebenen geraden Linie setzen. Denn die Coordinaten eines beliebigen
solchen Punktes lassen sich auf die Form bringen:

$$\lambda\, x_1 + \mu\, y_1, \ldots\ldots\ldots, \lambda\, x_4 + \mu\, y_4,$$

wo λ, μ näher zu bestimmende Constanten bezeichnen,
und die Substitution solcher Grössen an Stelle der x und
y in die für die Coordinaten p gegebenen Ausdrücke liefert, wie sich sofort ergibt, Multipla der für die p ursprünglich erhaltenen Werthe.

Die sechs Coordinaten p befriedigen identisch die folgende Relation des zweiten Grades:

$$P \equiv p_1\, p_4 + p_2\, p_5 + p_3\, p_6 = 0,$$

welche wir auch so schreiben können:

$$\underset{\varkappa}{\Sigma}\, p_\varkappa \cdot p_{\varkappa + 3} = 0,$$

indem wir den Index $\varkappa$ von 1 bis 3, oder auch von 1
bis 6 laufen lassen, und dabei unter $\varkappa + 3$ diejenige Zahl
verstehen, welche in der continuirlichen Reihenfolge:

$$1, 2, \ldots 5, 6, 1, 2, \ldots$$

die $(\varkappa + 3)$. Stelle einnimmt.

Vermöge dieser Relation, welcher die s e c h s homogenen Coordinaten p genügen, vertreten dieselben die zu
der Bestimmung einer geraden Linie nothwendigen v i e r
Constanten.

Für die Gleichungen derjenigen vier Ebenen (Projections-Ebenen), welche sich durch die vermöge der beiden Punkte (x) und (y) bestimmte gerade Linie und bezüglich die vier Eckpunkte des Coordinaten-Tetraeders
hindurch legen lassen, erhalten wir die folgenden:

$$(2) \quad \begin{cases} p_1\, z_2 + p_2\, z_3 + p_3\, z_4 = 0, \\ p_1\, z_1 + p_6\, z_3 - p_5\, z_4 = 0, \\ p_2\, z_1 + p_4\, z_4 - p_6\, z_2 = 0, \\ p_3\, z_1 + p_5\, z_2 - p_4\, z_3 = 0, \end{cases}$$

wo wir mit $z_1, \ldots, z_4$ laufende Punkt-Coordinaten bezeichnen. Es sind somit die Coordinaten p die in die Gleichungen der vier Projections-Ebenen eingehenden Constanten. Die Gleichung:

$$P = o$$

drückt aus, dass sich die fraglichen vier Ebenen nach derselben geraden Linie schneiden. Sie ist also nicht nur die n o t h w e n d i g e, sondern auch die h i n r e i c h e n d e Bedingung, damit sechs beliebig ausgewählte Grössen:

$$p_1, \; p_2, \; \ldots\ldots, \; p_6$$

als Linien-Coordinaten betrachtet werden können. Die geometrische Construction der durch sie bestimmten geraden Linie wird durch zwei beliebige der Ebenen (2) vermittelt.

Der Coordinaten-Bestimmung (1) liegt das Princip zu Grunde, die in die Gleichungen der geraden Linie in Punkt-Coordinaten (2) eingehenden Constanten als Bestimmungsstücke derselben zu betrachten, und dieselben durch die Coordinaten einer Anzahl von Punkten der geraden Linie darzustellen, welche erforderlich und hinreichend ist, um die letztere geometrisch zu definiren.

2. In dem Vorstehenden haben wir die gerade Linie durch zwei ihrer Punkte bestimmt. Wir betrachten in dieser Bestimmungsweise die gerade Linie als einen Ort von Punkten, als einen S t r a h l. Auf vollständig entsprechende Weise können wir die gerade Linie durch zwei ihrer Ebenen bestimmen und betrachten sie dann als von Ebenen umhüllt, als eine A x e *).

Zwei beliebige Ebenen (t) und (u) der gegebenen geraden Linie seien durch die Coordinaten bestimmt:

$$t_1, \quad t_2, \quad t_3, \quad t_4,$$

und

$$u_1, \quad u_2, \quad u_3, \quad u_4.$$

Dann erhalten wir, ganz dem Früheren entsprechend, als

---

*) vergl. P l u e c k e r's »Neue Geometrie«, p. 1.

Coordinaten der gegebenen geraden Linie die folgenden sechs Ausdrücke:

$$(3) \begin{cases} q_1 = t_1 u_2 - t_2 u_1, & q_4 = t_3 u_4 - t_4 u_3, \\ q_2 = t_1 u_3 - t_3 u_1, & q_5 = t_4 u_2 - t_2 u_4, \\ q_3 = t_1 u_4 - t_4 u_1, & q_6 = t_2 u_3 - t_3 u_2, \end{cases}$$

welche die folgende Gleichung:

$$Q \equiv \sum_{\varkappa} q_{\varkappa} \cdot q_{\varkappa+3} = o$$

identisch befriedigen. Den vier Gleichungen (2) entsprechend erhalten wir für die Durchschnitts-Punkte der durch die Ebenen (t) und (u) bestimmten geraden Linie mit den vier Seitenflächen des Tetraeders die folgenden vier Gleichungen:

$$(4) \begin{cases} q_1 v_2 + q_2 v_3 + q_3 v_4 = o, \\ q_1 v_1 + q_6 v_3 - q_5 v_4 = o, \\ q_2 v_1 + q_4 v_4 - q_6 v_2 = o, \\ q_3 v_1 + q_5 v_2 - q_4 v_3 = o, \end{cases}$$

wo $v_1, \ldots, v_4$ laufende Ebenen-Coordinaten bedeuten.

Wenn sich die Strahlen-Coordinaten p und die Axen-Coordinaten q auf dieselbe gerade Linie beziehen, so hat man zwischen denselben die folgenden Proportionen:

$$(5) \quad \begin{cases} \dfrac{p_1}{q_4} = \dfrac{p_2}{q_5} = \dfrac{p_3}{q_6} = \dfrac{p_4}{q_1} = \dfrac{p_5}{q_2} = \dfrac{p_6}{q_3}. \end{cases}$$

Die Richtigkeit dieser Beziehungen ergibt sich sofort, wenn wir die Grössen q aus den Coordinaten zweier Elemente (2) oder die Grössen p aus den Coordinaten zweier Punkte (4) bilden.

Die Coordinaten p sind also von den Coordinaten q nur durch die Anordnung verschieden. Ihrer doppelten geometrischen Bedeutung entsprechend, wird die gerade Linie durch dieselben sechs Grössen dargestellt. Es ist das nicht der geringste Vortheil der Pluecker'schen Coordinaten-Wahl.

3. Wir wollen die vier Eckpunkte des Coordinaten-Tetraeders mit

$$O_1, \ O_2, \ O_3, \ O_4$$

und die vier gegenüberstehenden Seitenflächen desselben mit

$$E_1, \ E_2, \ E_3, \ E_4$$

bezeichnen. Dann sind die sechs Kanten des Tetraeders durch die folgenden Verbindungen der Zeichen O, bez. E, bestimmt:

$$O_1 O_2, \quad O_1 O_3, \quad O_1 O_4, \quad O_3 O_4, \quad O_4 O_2, \quad O_2 O_3,$$
$$E_3 E_4, \quad E_4 E_2, \quad E_2 E_3, \quad E_1 E_2, \quad E_1 E_3, \quad E_1 E_4.$$

Von den sechs Coordinaten einer Kante des Coordinaten-Tetraeders verschwinden fünf, und nur die sechste behält einen endlichen Werth. Es ergibt sich das sofort, wenn wir in die Ausdrücke (1) oder (3) die Coordinaten zweier Eckpunkte, bez. zweier Seitenflächen des Tetraeders substituiren. Wir wollen, in der vorstehenden Reihenfolge, die Kanten des Coordinaten-Tetraeders mit

$$P_1, \quad P_2, \quad P_3, \quad P_4, \quad P_5, \quad P_6$$

oder mit

$$Q_4, \quad Q_5, \quad Q_6, \quad Q_1, \quad Q_2, \quad Q_3$$

bezeichnen. Dann verschwinden für eine beliebig ausgewählte Kante $(P_\varkappa \equiv Q_{\varkappa+3})$ alle Coordinaten bis auf diejenige, welche wir mit $p_{\varkappa+3} \equiv q_\varkappa$ bezeichnet haben.

Die Gruppirung der Tetraederkanten unter sich ist dadurch bestimmt, dass sich P_1, P_2, P_3 (Q_4, Q_5, Q_6) in einem Punkte schneiden, während P_4, P_5, P_6 (Q_1, Q_2, Q_3) in einer Ebene liegen.

Der Kürze wegen werden wir in dem Folgenden nur von der independenten Darstellung der Linien-Coordinaten durch Punkt-Coordinaten Gebrauch machen, und die jedesmal vollständig analogen (reciproken) Entwickelungen, welche sich an die Darstellung derselben durch Ebenen-Coordinaten anknüpfen, nicht immer wieder ausdrücklich hervorheben. Wir bedienen uns daher in der Folge auch nur der Bezeichnung p für Linien Coordinaten, wenn auch die Beibehaltung der Coordinaten q neben den Coordinaten p manche Formeln übersichtlicher zu schreiben erlaubt.

4. Damit sich zwei gegebene gerade Linien (p) und (p') schneiden, müssen ihre Coordinaten die folgende Gleichung befriedigen:

(6) $$\sum_\varkappa p_\varkappa \cdot p'_{\varkappa + 3} = o.$$

Denn es seien die beiden geraden Linien (p) und (p') bezüglich durch die beiden Punkte (a), (b) und (c), (d) bestimmt. Wenn wir dann in die vorstehende Gleichung für die Coordinaten p, p' ihre Werthe aus (1) in den Coordinaten dieser Punkte einsetzen, so erhalten wir:

$$\sum \pm a_1\, b_2\, c_3\, d_4 = o.$$

Das Verschwinden dieser Determinante ist die Bedingung dafür, dass die vier Punkte (a), (b), (c), (d) in einer Ebene liegen; und also schneiden sich die beiden geraden Linien (a, b) und (c, d)*).

Wenn wir in der Gleichung (6):

$$\sum_\varkappa p_\varkappa \cdot p'_{\varkappa + 3} = o$$

die $p'_{\varkappa + 3}$ als fest, die $p_\varkappa$ als veränderlich betrachten, so stellt sie Gesammtheit aller derjenigen geraden Linien dar, welche die feste gerade Linie (p') schneiden. Insbesondere also genügen der Gleichung:

$$p_\varkappa = o$$

die Coordinaten aller derjenigen geraden Linien, welche die Coordinaten-Kante $P_\varkappa$ schneiden. Wenn für die Kante $P_\varkappa$ selbst alle Coordinaten bis auf die eine, $p_{\varkappa + 3}$, verschwinden, so ist damit ausgedrückt, dass sie alle Tetraeder-Kanten bis auf die ihr gegenüberliegende schneidet.

Wenn drei gerade Linien (p), (p'), (p'') einander gegenseitig schneiden, so besteht zwischen den Coordinaten je zweier derselben eine Gleichung von der Form (6).

---

*) vergl. den Aufsatz von Lueroth: Zur Theorie der windschiefen Flächen, Crelle's Journal. LXII. p. 130.

Dabei gehen die drei graden Linien entweder durch einen Punkt oder liegen in einer Ebene. Das Kriterium für den ersten oder zweiten Fall bildet das Verschwinden des ersten oder zweiten Factors des unter der gemachten Annahme immer verschwindenden Productes:

$$\Sigma \pm p_1\, p_2'\, p_3''. \quad \Sigma \pm p_4\, p_5'\, p_6'',$$

und der ähnlich gebildeten Producte, welche sich aus dem vorstehenden durch Vertauschung von jedesmal zwei der Indices 1, 2, 3 mit den entsprechenden 4, 5, 6 ergeben.

Den Beweis liefert die Betrachtung der Gleichungen (2) und (4). Wenn sich drei Linien in einem Punkte schneiden, so haben diejenigen drei Ebenen, welche sich durch einen Eckpunkt des Coordinaten-Tetraeders und jedesmal eine der gegebenen geraden Linien hindurchlegen lassen, eine gerade Linie gemein, und umgekehrt, wenn drei Linien in einer Ebene liegen, so sind diejenigen drei Punkte, in welchen eine Seitenfläche des Coordinaten-Tetraeders von den gegebenen geraden Linien geschnitten wird, in gerader Linie.

5. Wir können den sechs Variabeln p immer unter der Voraussetzung, dass die Bedingungs-Gleichung

$$\sum_{\varkappa} p_\varkappa \cdot p_{\varkappa+3} = o$$

erfüllt sei, imaginäre Werthe ertheilen. Sei also:

$$p_\varkappa = p_\varkappa' + i\, p_\varkappa''.$$

Wir betrachten die Grössen $p_\varkappa$ als die Coordinaten einer imaginären geraden Linie. Diese rein formelle Definition führt zu der folgenden geometrischen. Nach der Gleichung (6) der 4. Nummer wird die gegebene imaginäre gerade Linie, so wie die conjugirt imaginäre von allen reellen geraden Linien geschnitten, deren Coordinaten die folgenden beiden linearen Bedingungs-Gleichungen befriedigen:

$$\sum_{\varkappa} p_\varkappa' \cdot p_{\varkappa+3} = o, \quad \sum_{\varkappa} p_\varkappa'' \cdot p_{\varkappa+3} = o.$$

Durch vier beliebige unter den Linien, deren Coordinaten diesen beiden Gleichungen genügen *), sind die
beiden Gleichungen, oder vielmehr ist die von denselben
gebildete zweigliedrige Gruppe:

$$\sum_{\varkappa} (\lambda\, p'_\varkappa + \mu\, p''_\varkappa)\, p_{\varkappa+3} = 0.$$

bestimmt (ausser, wenn die angenommenen vier geraden
Linien derselben Erzeugung eines Hyperboloids angehören). Eine imaginäre gerade Linie und ihre conjugirte
sind somit geometrisch als die beiden geradlinigen
Transversalen vier reeller gerader Linien
gegeben.

Es stimmt das mit der Definition, welche die neuere
synthetische Geometrie für die imaginäre gerade Linie im
Raume aufstellt, überein.

Im Allgemeinen besitzt eine imaginäre gerade Linie
keinen reellen Punkt und keine reelle Ebene. Nur
wenn sich die gegebene imaginäre gerade Linie und ihre
conjugirte schneiden, ist beiden ein reeller Punkt und
eine reelle Ebene gemeinsam. Die imaginäre gerade Linie
wird dann von allen reellen Linien geschnitten, welche
durch diesen Punkt gehen, bezüglich in dieser Ebene
liegen. Sie ist nicht mehr durch vier ihrer reellen geradlinigen Transversalen bestimmt. Man definire sie geometrisch durch den reellen Punkt, die reelle Ebene und
einen von dem reellen Punkte ausgehenden Kegel der
zweiten Ordnung, oder eine in der reellen Ebene liegende
Curve der zweiten Classe.

---

*) Das System solcher gerader Linien findet man insbesondere
betrachtet in dem Aufsatze von O. Hermes: Ueber Strahlensysteme
der ersten Ordnung und der ersten Classe. Crelle's Journal. LXII,
p. 153.

II.

Transformation der Linien-Coordinaten, entsprechend einer Verwandlung des Coordinaten-Tetraeders.

6. In dem Folgenden stellen wir zunächt diejenigen Transformationsformeln für Linien-Coordinaten auf, welche einer Verwandlung des Coordinaten-Tetraeders, oder, was dasselbe sagt, der linearen Transformation von Punkt- oder Ebenen-Coordinaten entsprechen. *)

Diese Transformationsformeln werden linear. Sie würden ihren linearen Charakter verlieren, wenn statt der sechs homogenen Coordinaten, welche eine Bedingungs-Gleichung befriedigen, deren nur fünf unabhängige genommen worden wären, wie sie zur Bestimmung einer geraden Linie ausreichen. — Wir gelangen zu dem Resultate, dass die in Rede stehenden linearen Substitutionen die allgemeinen sind, durch welche der Ausdruck:

$$P \equiv \underset{\varkappa}{\Sigma} \, p_\varkappa \cdot p_{\varkappa + 3}$$

in ein Multiplum seiner selbst übergeführt wird.

Der vorstehende Satz bedarf noch der folgenden Bestimmung. Es sei eine lineare Substitution gegeben, welche den Ausdruck P in ein Multiplum seiner selbst überführt. Unter den sechs neuen Veränderlichen können wir diejenige frei auswählen, welcher wir den Namen p_1

---

*) Man vergleiche die beiden Aufsätze von Battaglini:

Intorno ai sistemi di rette di primo ordine; Rendiconto della R. Accademia di Napoli, 6, Giugno 1866.

Intorno ai sistemi di rette di secondo grado; Atti della R. Accademia di Napoli, III, 1866.

Beide Aufsätze finden sich wieder abgedruckt: Giornale di Matematiche, Napoli. Anno VI, 1868.

geben wollen. Dann ist die Veränderliche p_4 zugleich mit bestimmt. Wir können ferner p_2 ohne Weiteres unter den noch übrigen vier Veränderlichen annehmen; dann ist p_5 gegeben. Welche von den zwei noch übrigen Variabeln p_3 und welche p_6 zu nennen sei, bleibt aber nicht mehr willkürlich. Denn diejenige Kante des neuen Tetraeders, auf welche sich das neue p_3 bezieht, schneidet die beiden Kanten, welche den neuen p_1 und p_2 entsprechen, in einem Punkte und ist also eindeutig bestimmt. $(n. 3)$. Nur unter der Voraussetzung, dass p_3 demgemäss ausgewählt sei, gelten die Ausdrücke der Linien-Coordinaten in den Coordinaten zweier Punkte, bez. zweier Ebenen, wie sie unter (1) und (3) gegeben worden sind.

Es sei, unter $x_\varkappa$, $y_\varkappa$ Punct-Coordinaten verstanden,

$$(7) \quad \begin{cases} x_\varkappa = \underset{\varkappa}{\Sigma}\, \alpha_{\varkappa,\,\lambda} \cdot x'_\lambda, \\ y_\varkappa = \underset{\varkappa}{\Sigma}\, \alpha_{\varkappa,\,\lambda} \cdot y'_\lambda \end{cases}$$

eine allgemeine lineare Substitution, wie sie einer beliebigen Verwandlung des Coordinaten-Tetraeders entspricht. Die Substitutions-Coëfficienten $\alpha_{\varkappa,\,\lambda}$ stellen dabei die Coordinaten des Seitenflächen des früheren Tetraeders mit Bezug auf das neue dar; wie sich ergibt, wenn wir $x_\varkappa$ $(y_\varkappa)$ verschwinden lassen.

Durch Einsetzen dieser Werthe für $x_\varkappa$, $y_\varkappa$ in die durch (1) gegebenen Ausdrücke für die Linien-Coordinaten p erhalten wir die gesuchten Formeln. Die in dieselben eingehenden Substitutions-Coëfficienten erhalten die Determinantenform:

$$\alpha_{\varkappa,\,\mu} \cdot \alpha_{\lambda,\,\nu} - \alpha_{\varkappa,\,\nu} \cdot \alpha_{\lambda,\,\mu}$$

und stellen also, geometrisch gedeutet, die C o o r d i n a - t e n d e r K a n t e n d e s f r ü h e r e n T e t r a e d e r s m i t B e z u g a u f d a s n e u e dar, in einer solchen Grösse genommen, wie sich dieselben unter Zugrundelegung der

Formeln (3) aus den Coordinaten $a_{\varkappa,\lambda}$ der Seitenflächen des früheren Tetraeders mit Bezug auf das neue ergeben. Indem wir dieselben mit $a_{\varkappa,\lambda}$ bezeichnen, je nachdem sie zu einer Kante $P_\varkappa$ gehören und unter den Coordinaten dieser Kante, wenn wir dieselben in der unter (1) festgesetzten Reihenfolge schreiben, die λte Stelle einnehmen, werden die gesuchten Transformationsformeln:

$$(8) \qquad p_\varkappa = \sum_\lambda a_{\varkappa,\lambda+3} \cdot p'_\lambda.$$

Denn verlangen wir, dass $p_\varkappa$ verschwinde, das heisst, dass die gerade Linie (p, p') die Kante $P_\varkappa$ schneide, so ist dafür, nach der vierten Nummer, das Verschwinden des Ausdrucks:

$$\sum_\lambda a_{\varkappa,\lambda+3} \cdot p'_\lambda$$

die Bedingung.

7. Durch die Substitution (8) wird der identisch verschwindende Ausdruck:

$$P \equiv \sum_\varkappa p_\varkappa \cdot p_{\varkappa+3}$$

in ein Multiplum des entsprechenden:

$$P' \equiv \sum_\varkappa p'_\varkappa \cdot p'_{\varkappa+3}$$

übergeführt. Wenn wir den ersten Ausdruck aus (8) bilden und mit dem zweiten vergleichen, so erhalten wir eine Reihe von Relationen für die Coëfficienten a, welcher dieselben, vermöge ihrer Darstellung durch die Coëfficienten α, identisch genügen.

Die wirkliche Entwicklung des Ausdruckes P nach den p' liefert in diesen Variabeln ein Polynom des zweiten Grades mit 21 Gliedern. Die Coëfficienten von 18 dieser Glieder müssen verschwinden, die der übrigen drei unter sich gleich werden. Die 36 Grössen a sind somit 20 Bedingungen unterworfen und desshalb durch die 16 Grössen α independent darstellbar. Nach diesen Zahlenverhältnissen kommt es auf dasselbe hinaus, ob wir den **Ausdruck der Linien-Coordinaten durch Punkt- (oder**

Ebenen-) Coordinaten zu Grunde legen und diese letzteren
linear transformiren, oder ob wir die Linien-Coordinaten
selbst unmittelbar linear transformiren und bedingen, dass
dabei der Ausdruck:

$$P \equiv \sum_{\varkappa} p_{\varkappa} \cdot p_{\varkappa + 3}$$

in ein Vielfaches seiner selbst übergehe. Die volle Be-
stätigung dieser Aussage finden wir in der geometrischen
Deutung der Bedingungen, welchen die Substitutions-
Coëfficienten a zufolge der letzten Beschränkung unterworfen sind. Nur in der Benennung der neuen Veränderlichen muss, nach der vorigen Nummer, eine feste Re-
gel beobachtet werden.

8. Sei also:

(9)
$$p_{\varkappa} = \sum_{\lambda} b_{\varkappa, \lambda + 3} \cdot p'_{\lambda}$$

eine lineare Substitution, durch welche der Ausdruck:

$$P \equiv \sum_{\varkappa} p_{\varkappa} \cdot p_{\varkappa + 3}$$

in ein Multiplum seiner selbst übergeführt wird. Dann
gelten für die Coëfficienten b zunächst die folgenden Relationen:

(10)
$$\sum_{\varkappa} b_{\varkappa + 3, \lambda} \cdot b_{\varkappa, \lambda + \mu} = o \quad (\mu = 1, 2, 4, 5, 6),$$

(11)
$$\sum_{\varkappa} b_{\varkappa + 3, \lambda} \cdot b_{\varkappa, \lambda + 3} = d,$$

wo d eine willkürlich zu bestimmende Constante bezeichnet.

Zu Folge der Beziehungen (10) verschwinden die
folgenden beiden Producte:

$$\sum \pm b_{11} b_{22} b_{33}. \quad \sum \pm b_{14} b_{25} b_{36}.$$

und

$$\sum \pm b_{41} b_{52} b_{63}. \quad \sum \pm b_{44} b_{55} b_{66}.$$

Denn die Entwicklung dieser Producte nach dem Multi-
plicationstheorem der Determinanten liefert eine neue
dreigliedrige Determinante, für deren Elemente $(\varkappa, \lambda)$ das
Gesetz gilt:

$$(\varkappa,\lambda) + (\lambda,\varkappa) = o.$$

Wir fügen nun den Bedingungen (10) und (11) die weitere hinzu, dass die beiden vorstehenden Producte darum verschwinden, weil die beiden Factoren:

$$\Sigma \pm b_{11}\, b_{22}\, b_{33}, \quad \Sigma \pm b_{44}\, b_{55}\, b_{66}$$

gleich Null sind. Und dem entsprechend sollen die ähnlich gebildeten Determinanten verschwinden, welche sich aus den vorstehenden durch Vertauschung von jedesmal zwei der ersten oder zweiten Indices 1, 2, 3 mit den entsprechenden 4, 5, 6 ergeben. Diese Bedingungen beschränken durchaus nicht die relative Grösse der Coëfficienten b, sondern nur die Willkürlichkeit in deren Reihenfolge.

Die Auflösung der Substitutionen (9) wird unter Zuziehung der Bedingungs-Gleichungen (10) die folgende:

$$(12) \quad \underset{\varkappa}{\Sigma}\, b_{\varkappa,\lambda+3} \cdot b_{\varkappa+3,\lambda} \cdot p'_\lambda = \underset{\varkappa}{\Sigma}\, b_{\varkappa+3,\lambda} \cdot p_\varkappa,$$

oder, unter Berücksichtigung der Gleichungen (10):

$$(13) \quad d \cdot p'_\lambda = \underset{\varkappa}{\Sigma}\, b_{\varkappa+3,\lambda} \cdot p_\varkappa.$$

Indem wir von (13) zu (9) zurückgehen, ergeben sich, den Formeln (10) entsprechend, die folgenden:

$$(14) \quad \underset{\lambda}{\Sigma}\, b_{\varkappa,\lambda+3} \cdot b_{\varkappa+\mu,\lambda} = o. \quad (\mu = 1, 2, 4, 5, 6).$$

Wenn wir die Substitutions-Determinante $\Sigma \pm b_{1,1}\, b_{2,2} \ldots b_{6,6}$ mit D, die einem beliebigen Elemente $b_{\varkappa,\lambda}$ zugehörige Unterdeterminante derselben, wie überhaupt im Folgenden die Unterdeterminanten, durch die beiden Indices $\varkappa,\lambda$ $(D_{\varkappa,\lambda})$ bezeichnen und dabei das Vorzeichen richtig bestimmen $\left((-1)^{(\varkappa+\lambda)}\right)$, so folgt aus den Auflösungen (12) der Gleichungen (9):

$$D_{\varkappa,\lambda+3} \cdot \underset{\varkappa}{\Sigma}\, b_{\varkappa,\lambda+3} \cdot b_{\varkappa+3,\lambda} = b_{\varkappa+3,\lambda} \cdot D.$$

Diese Formel bleibt für jeden Index $\varkappa$ und jeden Index λ gültig. Es findet sich also, bis auf einen Factor:

$$(15) \quad D = \underset{(\lambda=1,2,3)}{\Pi}\, \underset{\varkappa}{\Sigma}\, b_{\varkappa+3,\lambda} \cdot b_{\varkappa,\lambda+3},$$

oder, in Folge von (10):

(16) $$D = d^3.$$

Der Vergleich zweier Glieder der Entwicklung von
D und des in (15) eingehenden Productes gibt den Beweis, dass der fragliche Factor der Einheit gleich sei.

Aus den Gleichungen (10) folgt, dass die Vertical-
reihen der Substitutions-Coëfficienten (9) die Linien-Coordinaten der Kanten eines neuen Tetraeders mit Bezug
auf das frühere darstellen. Denn diese Gleichung sagt
aus, einmal, wenn wir $\mu = 6$ setzen, dass die Coëfficienten einer Vertical-Reihe der Substitutionen (9) die Bedeutung von Linien-Coordinaten haben, dann den vier
anderen Werthen von μ entsprechend, dass eine jede der
durch die Substitutionscoëfficienten bestimmten sechs Linien vier der fünf übrigen scheidet, dass also die sechs
dargestellten geraden Linien ein Tetraeder bilden.

Wir wollen die sechs Kanten dieses Tetraeders, den
Coordinaten $b_{\varkappa,\lambda}$ entsprechend, mit P'_λ bezeichnen. Dann
sagen die Bedingungen, welche wir den Gleichungen (10)
und (11) über die Reihenfolge der Coëfficienten $b_{\varkappa,\lambda}$ hin-
zugefügt haben, nichts anderes aus, als dass sich die drei
Kanten P_1', P_2', P_3' in einem Punkte schneiden und die
drei Kanten P_4', P_5', P_6' in einer Ebene liegen. Ausge-
schlossen ist durch jene Bedingungen (falls die Substitu-
tionsdeterminante $\Sigma \pm b_{1,1} \ldots b_{6,6}$ nicht verschwindet), dass
P_1', P_2', P_3' in einer Ebene enthalten sind und P_4', P_5', P_6'
durch einen Punkt gehen. Eine dieser beiden Möglichkei-
ten muss stattfinden. Im Verein mit diesen Bedingungen
besagen die drei Gleichungen (11), dass die Verhältnisse
der Coordinaten dieser sechs geraden Linien unter sich
in einer solchen Grösse gewählt seien, wie sie sich aus
den Coordinaten der vier Eckpunkte (Seitenflächen) des
von ihnen gebildeten Tetraeders unter Zugrundelegung
der Formeln (1), (3) ergeben.

Damit ist der vollständige Nachweis geführt, dass

die gewählte Transformation der Verwandlung des gegebenen Coordinaten-Tetraeders in ein anderes entspricht.

9. Wir denken uns die Substitutions-Coëfficienten b independent durch die Coëfficienten β einer derselben Coordinaten-Verwandlung entsprechenden linearen Transformation von Punkt-Coordinaten:

$$(17) \qquad x_\varkappa = \sum_\lambda \beta_{\varkappa,\lambda}\, x'_\varkappa$$

dargestellt. Dann erhalten wir die folgende Relation:

$$(18) \qquad d = \sum \pm \beta_{1,1} .. \beta_{4,4}.$$

Von der Richtigkeit derselben überzeugen wir uns einmal durch directe Ausrechnung, indem wir von einer der Formeln (11) ausgehen, dann aber auch durch die Bemerkung, dass die Determinante D, als gebildet aus den zweiten Unterdeterminanten der viergliedrigen Determinante $\sum \pm \beta_{1,1} .. \beta_{4,4}$ gleich ist der dritten Potenz dieser Determinante.

Die Constante d kann jeden positiven oder negativen Werth annehmen, nur darf sie nicht verschwinden. Denn dann würden sich, in Folge der Gleichungen (11), die gegenüberliegenden Kanten des neuen Tetraeders schneiden und damit die Coordinaten-Bestimmung unmöglich werden. Dem entspräche, dass die vier Eckpunkte oder die vier Seitenflächen des Tetraeders zusammenfielen, was seinen Ausdruck in dem Verschwinden der Determinante $\sum \pm \beta_{1,1} .. \beta_{4,4}$ findet.

In dem Folgenden nehmen wir die Constante d gleich der positiven Einheit an, so dass also durch die lineare Substitution, in welche dann nur noch 15 unabhängige Coëfficienten eingehen, der Ausdruck P in sich selbst übergeführt wird.

Der Uebergang von der Substitution (9) zu der Substitution (17) gestaltet sich folgendermassen. Wir können uns aus drei Horizontal- und drei Vertical-Reihen der

Coëfficienten b in einer solchen Weise auswählen, dass, wenn wir uns in b die Grössen β eingeführt denken und wir mit λ einen laufenden Index, mit $\varkappa$, μ zwei in jedem einzelnen Falle bestimmte Indices bezeichnen, weder Glieder von der Form $\beta_{\varkappa,\lambda}$ noch von der Form $\beta_{\lambda,\mu}$ vorkommen. Die Determinante aus den so gewählten Coëfficienten b ist dann aus den Unterdeterminanten der Determinante $d_{\varkappa,\mu}$ zusammengesetzt und hat folglich den absoluten Werth $d^2_{\varkappa,\mu}$. Die so bestimmten Determinanten $d_{\varkappa,\mu}$ sind gerade diejenigen Coëfficienten, welche in die Auflösungen der Gleichungen (17) eingehen.

10. Die Aufgabe, einen gegebenen Ausdruck in Linien-Coordinaten durch eine lineare Substitution auf eine bestimmte Gestalt zu transformiren, kann zu imaginären Substitutions-Coëfficienten und damit zu Tetraedern mit imaginären Kanten führen. Wir mögen ein solches Tetraeder einfach ein imaginäres Tetraeder nennen.

Im Allgemeinen gehört zu einem imaginären Tetraeder ein conjugirtes. Dann werden beide Tetraeder immer gemeinsam auftreten.

Insbesondere aber können die imaginären Kanten desselben imaginären Tetraeders einander conjugirt sein. Wenn dann sämmtliche Seitenflächen (Eckpunkte) imaginär sind, so besitzt das Tetraeder zwei reelle, sich nicht schneidende Kanten, während die vier übrigen Kanten weder einen reellen Punkt noch eine reelle Ebene enthalten und die gegenüberstehenden paarweise conjugirt sind.

Sind dagegen nur zwei Seitenflächen (Eckpunkte) imaginär, so sind, wie im vorhergehenden Falle, nur zwei gegenüberstehende Kanten reell; aber längs der einen schneiden sich zwei reelle Ebenen des Tetraeders, auf der anderen liegen, als Durchschnittspunkte mit diesen Seitenflächen, zwei reelle Eckpunkte desselben. Die übrigen vier Kanten des Tetraeders sind paarweise conugirt. Je zwei conjugirte verlaufen innerhalb einer der reellen Seitenflächen und schneiden sich in derselben in dem entsprechenden reellen Eckpunkte. Solche zwei imaginäre gerade Linien sind von der am Schlusse der fünften Nummer betrachteten Art.

Wenn also die imaginären Kanten eines Tetraeders einander conjugirt sind, sind immer zwei gegenüberstehende reell, und wir haben es mit einem Tetraeder der einen oder anderen Art zu thun, je nachdem von den vier übrigen Kanten sich die conjugirten schneiden oder nicht. — Tetraeder von der einen wie von der andern Art können isolirt auftreten, insofern sie sich selbst conjugirt sind.

Auch solche imaginäre Tetraeder, die nicht in sich conjugirt sind, können zwei reelle, einander gegenüberstehende Kanten besitzen. Dann sind dieselben dem gegebenen und dem conjugirten Tetraeder gemeinsam.

III.

Ueber Linien-Complexe im Allgemeinen.

11. Eine homogene Gleichung zwischen Linien-Coordinaten bestimmt ein dreifach unendliches System von geraden Linien. Solch' ein Gebilde heisst, nach Plücker, ein Linien-Complex. Indem wir in die Gleichung eines Complexes des n. Grades für die Linien-Coordinaten die Ausdrücke (1) oder (3) einsetzen, erhalten wir die folgenden beiden, unter sich identischen, geometrischen Definitionen eines solchen Complexes *).

In einem Complexe des n. Grades bilden diejenigen geraden Linien, welche durch ei-

---

*) Plücker, „Neue Geometrie," n. 19.

nen festen Punkt gehen, einen Kegel der n.
Ordnung.

In einem Complexe des n. Grades bilden
diejenigen geraden Linien, welche in einer
festen Ebene liegen, eine Curve der n. Classe.

Ist also insbesondere der Complex linear, so entspricht jedem Punkte eine Ebene die durch ihn hindurch
geht, jeder Ebene ein Punkt, der in ihr liegt. Einen
derartigen Complex bildet die Gesammtheit aller geraden Linien, welche eine gegebene gerade Linie schneiden (n. 4).

Als ausgezeichneter Fall der Complexe des n $(n-1)$.
Grades kann die Gesammtheit der Tangenten einer Fläche
der n. Ordnung oder Classe angesehen werden. Wenn
sich die Fläche dahin particularisirt, dass sie in eine ab-
wickelbare Fläche mit zugehöriger Rückkehrkante ausartet,
so umfasst der Complex alle diejenigen geraden Linien,
welche die erste berühren oder die zweite schneiden.

12. Die allgemeine Gleichung des n. Grades umfasst $(n+5)_5$ verschiedene Glieder. Allein der Complex
hängt, sobald $n > 1$, von einer geringeren als der um 1
verminderten Anzahl unabhängiger Constanten ab, indem
es frei steht, aus seiner Gleichung eine Reihe von Gliedern vermöge der Relation:

$$P \equiv \sum_{\varkappa} p_\varkappa \cdot p_{\varkappa+3} = o$$

zu entfernen. Wir können, ohne den gegebenen Complex
zu ändern, zu seiner Gleichung P, mit einer beliebigen
Function des $(n-2)$. Grades multiplicirt, addiren. Eine
derartige Function enthält $(n+3)_5$ unbestimmte Constanten. Eine gleiche Anzahl von Constanten dürfen wir
also auch in der Gleichung des Complexes beliebig annehmen, nur müssen dieselben mit solchen Gliedern verbunden sein, welche einen der drei Factoren:

$$p_1 p_4, \quad p_2 p_5, \quad p_3 p_6$$

besitzen, und, abgesehen von diesen Factoren, alle von einander verschieden sind. Solcher Glieder, welche eins der vorstehenden Producte als Factor enthalten, gibt es $3 (n+3)_5$. Es zerfallen also die in die Gleichung eines Complexes des n. Grades eingehenden $((n+5)_5 - 1)$ Constanten in zwei Gruppen von bezüglich $((n + 5)_5 - 3 (n + 3)_5 - 1)$ und $3 (n+3)_5$. Die Constanten der letzten Gruppe haben nur den Werth von $2 (n + 3)_5$ unabhängigen.

Die Erniedrigung in der Anzahl der unabhängigen Constanten fällt fort, sobald wir die Gleichung des Complexes nicht in den sechs Coordinaten $p_\varkappa$, sondern in $6\,n$ Coordinaten

$$p'_\varkappa, \; p''_\varkappa, \; \ldots\ldots\ldots, \; p_\varkappa^{(n)}$$

n. fach linear schreiben. Denn der Ausdruck P schreibt sich bilinear:

$$\sum_\varkappa p'_\varkappa \cdot p''_{\varkappa+3}$$

und ist dann, ausser wenn die beiden geraden Linien (p') und (p'') sich schneiden, nicht mehr gleich Null, so dass er nicht mehr ohne Weiteres der Gleichung des gegebenen Complexes zugefügt werden kann.

Nach dem Vorstehenden hängt ein Complex des zweiten Grades nicht von $21 - 1 = 20$, sondern nur von 19 unabhängigen Constanten ab. Dagegen gibt es eine einfach unendliche Schaar zugehöriger Polarsysteme (bilinearer Formen), deren jedes durch 20 Constanten bestimmt wird. In einem solchen Polarsysteme entspricht einer beliebig angenommenen geraden Linie ein linearer Complex*). Diejenigen Linien, welche sich selbst ent-

---

*) Pluecker a. a. O. — Es ist hier nicht der Ort, die im Texte angedeutete Reciprocität zwischen geraden Linien und Complexen des ersten Grades, die, bei consequenter Behandlungsweise, dazu führt, den Complexen ersten Grades sechs homogene, unabhängige Coordinaten zu ertheilen, weiter zu verfolgen. (Pluecker's

sprechen, sind in allen Polarsystemen dieselben: die Linien des zugehörigen Complexes zweiten Grades.

Es ist die Theorie der Complexe durchaus analog der Theorie der Curven, welche auf einer Fläche der zweiten Ordnung liegen, oder der Theorie der abwickelbaren Flächen, welche eine Fläche der zweiten Classe umhüllen. Die einzelne Fläche, welche durch ihren Durchschnitt mit der gegebenen Fläche der zweiten Ordnung eine Curve bestimmt, kommt bei der Discussion dieser Durchschnitts-Curve gar nicht in Betracht, sondern nur die durch sie und die gegebene Fläche der zweiten Ordnung bestimmte Schaar. Dagegen ist einem Punkte der gegebenen Fläche zweiten Grades in Bezug auf die fragliche Durchschnitts-Curve ein anderes auf dieser Fläche liegendes Gebilde zugeordnet, je nach der Wahl der zweiten die Curve bestimmenden Fläche.

Diejenigen geraden Linien, welche zwei Complexen gemeinsam sind, bilden eine Congruenz. Die Congruenz heisst vom Grade $m\,n$, wenn die beiden sie bestimmenden Complexe bezüglich vom Grade m und n sind. Alle Linien einer linearen Congruenz schneiden zwei feste gerade Linien, die reell oder imaginär sein können: die Directricen der Congruenz.

Diejenigen geraden Linien, welche drei Complexen, die bezüglich vom Grade m, n, p sind, zugleich angehören, bilden eine Linienfläche (windschiefe Fläche) von der Ordnung und Classe $2\,m\,n\,p$. Insbesondere bestimmen drei lineare Complexe eine Fläche des zweiten Grades durch die Linien der einen Erzeugung derselben*).

»Neue Geometrie«, n. 19). Die gerade Linie erscheint in dieser Auffassungsweise als ein linearer Complex, dessen Coordinaten die Gleichung:
$$P = o$$
befriedigen . (n . 4) .

*) vergl. Pluecker's Neue Geometrie, a. a. O.

IV.

Transformation der Gleichung des zweiten Grades zwischen Linien-Coordinaten auf eine canonische Form.

13. Es sei

$$(19) \qquad \Omega = o$$

die allgemeine Gleichung der Complexe des zweiten Grades;

$$P = o$$

bezeichne die Bedingung

$$\sum_\varkappa p_\varkappa \cdot p_{\varkappa+3} = o.$$

Unsere Aufgabe ist, ein Tetraeder zu bestimmen, welches zu dem Complex (19) in einer ausgezeichneten Beziehung steht, und die Form anzugeben, welche die Gleichung des Complexes annimmt, wenn derselbe auf dieses Tetraeder als Coordinaten-Tetraeder bezogen wird.

Diese Aufgabe behandelt sich algebraisch als die lineare simultane Transformation der Form P in sich selbst und der Form Ω auf eine canonische Gestalt. Wir definiren dabei die canonische Gestalt der Form Ω als die einfachste, auf welche sich dieselbe durch eine derartige Transformation umformen lässt. Es wird in der Auswahl dieser canonischen Gestalt immer eine gewisse Willkür herrschen, und der Weg, auf welchem wir in der Folge zu einer solchen gelangen, ist kein nothwendiger, sondern ein nach Belieben ausgewählter. — Die algebraische Fassung dieses Problems ist insofern allgemeiner als die geometrische, als in derselben P und Ω als individuelle Formen auftreten, während bei der geometrischen Untersuchung neben P nur die zweigliedrige Gruppe

$$\Omega + \lambda P,$$

wo λ eine willkürliche Constante bedeutet, in Betracht kommt *).

Indem wir bei der linearen Transformation der Form P in sich selbst noch über 15 willkürliche Constanten verfügen können, wird die canonische Gestalt der Form Ω noch 6 Constanten enthalten. Wenn wir durch eine derselben durchdividiren und den Ausdruck P, mit einer geeigneten Constante multiplicirt, hinzuaddiren, können wir noch 2 Constanten aus derselben fortschaffen. Die canonische Form der Complex-Gleichung enthält somit nur noch 4 wesentliche Constante.

Es erfordert eine Particularisation des Complexes, wenn in seiner Gleichung weniger als 4 Constanten vorkommen sollen, oder wenn es möglich sein soll, denselben auf unendlichfach verschiedene Weise auf dieselbe Form mit 4 Constanten zu transformiren.

Wir beginnen, im Anschluss an die neueste Arbeit von W e i e r s t r a s s über die quadratischen Formen **), mit einer eigenthümlichen Umgestaltung der beiden Formen P und Ω, welche in unserem Falle i m m e r anwendbar ist. Dieselbe schiesst als besonderen Fall die Transformation der beiden Formen P und Ω auf solche zwei in sich, die nur die Quadrate der Variabeln enthalten, eine Transformation, die bekanntlich nicht in allen Fällen möglich ist.

---

*) Die algebraische Behandlungsweise knüpft sich an die oben erwähnte Erweiterung der geometrischen Deutung von sechs Veränderlichen. Einer Verwandlung des Coordinaten-Tetraeders entsprechend, transformiren sich die Coordinaten eines Complexes ersten Grades linear in einer solchen Weise, dass der Ausdruck P, welcher nicht verschwindet, in sich selbst übergeht.

**) Zur Theorie der quadratischen und bilinearen Formen; Monatsberichte d. Berl. Acad. Mai 1868. p. 310—338.

Vergl. einen früheren Aufsatz über denselben Gegenstand. Monatsberichte. 1858. p. 207—220.

Durch die in Rede stehende Umgestaltung werden
P und Ω in zwei neue Formen P' und Ω' übergeführt.
Wir gehen sodann durch eine einfache lineare Substitution von P' zu P zurück und transformiren dadurch Ω'
in eine neue Form Ω'', welche wir als canonische bezeichnen. Wir gelangen so, durch Benutzung der in der
angeführten Abhandlung gewonnenen Ergebnisse, auf
dem kürzesten Wege zur Aufstellung der jedem Falle
entsprechenden canonischen Form und damit zur Eintheilung der Complexe des zweiten Grades.

Wir wiederholen zuuächst die Ergebnisse, zu denen
Weierstraß in dem oben citirten Aufsatze gelangt, in
einer Form, wie sie dem hier vorliegenden Falle entspricht. Weierstrass betrachtet die simultane Transformation zweier beliebig gegebener quadratischer (oder bilinearer) Formen und muss, dem Falle entsprechend,
dass die Determinante einer jeden der beiden Formen
verschwindet, besondere Vorsichtsmassregeln treffen. In
unserm Falle ist die eine Form, P, gegeben und hat die
nicht verschwindende Determinante (-1).

14. Es mögen

$$\Phi, \Psi$$

zwei quadratische Formen derselben n. Veränderlichen
$x_1, x_2, \ldots, x_n$ bezeichnen. Wir machen die Voraussetzuug,
dass die Determinante von Φ nicht verschwindet. Dann
ist die Determinante der Form

$$s\Phi + \Psi,$$

die wir kurz mit S bezeichnen wollen, eine ganze Function des n. Grades von s, und kann immer als Product
von n. Factoren, die lineare Functionen von s sind, dargestellt werden.

Es sei, unter der Voraussetzung, dass der Coëfficient
der höchsten in S enthaltenen Potenz von s der Einheit gleich, oder dass er als constanter Factor aus dem
Producte jener n. linearen Factoren herausgezogen sei,

$(s - c)$ irgend einer dieser Factoren. Mit l bezeichnen wir den Exponenten der höchsten in S aufgehenden Potenz desselben. Ferner bedeute $l^{(\varkappa)}$ den Exponenten der höchsten Potenz von $(s-c)$, durch welche alle aus den Elementen von S gebildeten partiellen Determinanten $(n-\varkappa)$ter Ordnung theilbar sind. Dann gelten, wie Weierstrass zeigt, die folgenden Ungleichheiten:

$$l > l' > l'' > \ldots > l^{(\nu-1)} > o,$$
$$l^{(\varkappa-1)} - l^{(\varkappa)} \geqq l^{(\varkappa)} - l^{(\varkappa+1)}.$$

Setzt man daher:

$$e = l - l', \quad e' = l' - l'', \ldots, \quad e^{(\nu-1)} = l^{(\nu-1)},$$

so sind $e, e', \ldots, e^{(\nu-1)}$ positive Zahlen, welche nach ihrer Grösse geordnet sind, so dass:

$$e^{(\varkappa)} \geqq e^{(\varkappa+1)}.$$

Jeder einzelne der so definirten ν Factoren von $(s-c)^l$:

$$(s-c)^e, (s-c)^{e'}, \ldots, (s-c)^{e^{(\nu-1)}}$$

heisse ein Elementartheiler der Determinante S*). Wir nennen einen Elementartheiler, je nach dem Grade e der höchsten in ihm enthaltenen Potenz von s, von der e. ten Ordnung.

Es gilt zunächst der allgemeine Satz, dass wie auch die beiden Formen Φ, Ψ durch lineare Substitution in andere Formen Φ', Ψ' transformirt werden mögen, die zugehörigen Elementartheiler dieselben bleiben. Und umgekehrt, wenn zwei Formenpaare, Φ, Ψ und Φ', Ψ', dieselben Elementartheiler besitzen, so lassen sie sich durch

---

*) Die Elementartheiler, zu welchen die beiden Formen Φ, $\lambda\Phi + \Psi$ führen, sind von den Elementartheilern, die zu den Formen Φ, Ψ zugehören, nur dadurch verschieden, dass s in denselben durch $s+\lambda$ ersetzt ist.

eine lineare Substitution mit nicht verschwindender Determinante in einander überführen *).

Wir bezeichnen nun durch $S^{(\varkappa)}$ diejenige Unterdeterminante der Determinante S, welche aus derselben
durch Weglassung der $\varkappa$ ersten Horizontal- und Vertical-
Reihen entsteht. Ferner bedeute

$$(-1)^{\alpha+\beta} \underset{\alpha\beta}{S^{(\varkappa)}},$$

unter der Voraussetzung, dass α, β beide grösser als $\varkappa$
sind, die Determinante $(n-\varkappa-1)$ter Ordnung, deren Ele-
menten-System aus dem von $S^{(\varkappa)}$ durch Weglassung der
$(\alpha-\varkappa)$ten Horizontal- und der $(\beta-\varkappa)$ten Vertical-Reihe her-
vorgeht, — werde aber gleich Null gesetzt, wenn eine
der beiden Zahlen $\alpha, \beta \leq \varkappa$ ist.

Die Functionen:

$$S, S', S'', \ldots$$

sind bezüglich durch

$$(s-c)^l, \ (s-c)^{l'}, \ (s-c)^{l''}, \ldots$$

theilbar. Wir nehmen an, dass in keiner dieser Functionen eine höhere Potenz von $(s-c)$ als die angegebene
als Factor enthalten sei. Sollte dieses doch der Fall sein,
so sei in der Reihe der Functionen:

$$S, S', S'' \ldots$$

$S^{(\nu)}$ die erste, welche eine höhere Potenz von $(s-c)$ als
die $l^{(\nu)}$te enthält. Dann können wir vorab eine lineare
Transformation von der Gestalt:

$$\bar{x}_\nu = x_\nu + h_{\nu+1} x_{\nu+1} + \ldots + h_n x_n,$$

$$\bar{x}_\alpha = x_\alpha, \text{ wenn } \alpha \gtrless \nu,$$

---

*) Wir bemerken, dass dieser Satz nur dann allgemein gilt,
wenn man auch solche lineare Substitutionen zulässt, deren Substitutions-Coëfficienten imaginäre, nicht einander conjugirte Werthe
besitzen.

eintreten lassen und über die Constanten $h_{\nu+1} \ldots, h_n$ derart verfügen, dass das neue $\overline{S}^{(\nu)}$ nur noch die $l^{(\nu)}$te Potenz von $(s-c)$ enthält. Indem die vorstehende Substitution die Determinante $(+1)$ hat, sind durch dieselben die Functionen:

$$S, S', S'', \ldots, S^{(\nu-1)}$$

ungeändert geblieben. Wir können also, in der angegebenen Weise fortfahrend, es immer dahin bringen, dass von den Determinanten $S^{(\varkappa)}$ keine eine höhere Potenz von $(s-c)$ enthält, als die $l^{(\varkappa)}$te.

Diese Hülfs-Transformation vorausgesetzt, sei:

$$(20) \quad \begin{cases} X = S_{11}\dfrac{d\Phi}{dx_1} + S_{12}\dfrac{d\Phi}{dx_2} + \ldots + S_{1n}\dfrac{d\Phi}{dx_n}, \\[2mm] X' = \qquad\quad S'_{22}\dfrac{d\Phi}{dx_2} + \ldots + S'_{2n}\dfrac{d\Phi}{dx_n}, \\[2mm] X'' = \ldots\ldots\ldots\ldots\ldots\ldots\ldots\ldots \\[1mm] \qquad \ldots\ldots\ldots\ldots\ldots\ldots\ldots\ldots\ldots \end{cases}$$

Ferner bezeichne e_λ in der Reihe der zu dem Theiler $(s-c)$ gehörigen Zahlen e die $\varkappa$te. Wir mögen zugleich c_λ statt c schreiben, so dass dieselbe Wurzel c der Gleichung $S = o$, den verschiedenen ihr zugehörigen Elementartheilern entsprechend, verschiedene Indices bekommt. Man entwickle sodann die Functionen:

$$\frac{X^{(\varkappa-1)}}{\sqrt{S^{(\varkappa-1)} \cdot S^{(\varkappa)}}}$$

nach aufsteigenden Potenzen von $(s-c_\lambda)$. Die Entwicklung beginnt mit der Potenz $-\dfrac{e_\lambda}{2}$ von $(s-c_\lambda)$ und hat die Gestalt:

$$\Sigma\, X_{\lambda,\mu} \cdot (s-c_\lambda)^{\mu - \frac{e_\lambda}{2}}$$

$$\mu = o,1,\ldots\infty$$

Dabei ist:

$$(21) \quad X_{\lambda\mu} = \frac{1}{\sqrt{C_\lambda}}\left(C_{\varkappa\lambda\mu}\frac{d\Phi}{dx_\varkappa} + \ldots + C_{n\lambda\mu}\frac{d\Phi}{dx_n}\right)$$

wo C_λ und sämmtliche Coëfficienten der Grössen $\frac{d\Phi}{dx}$ ganze Functionen von c_λ und den Coëfficienten der Formen Φ, Ψ sind.

Der Coëfficient C_λ, auf dessen Vorzeichen in dem Falle Gewicht zu legen ist, dass c_λ eine reelle Grösse ist, schreibt sich entwickelt:

$$(22) \qquad C_\lambda = \left\{ \frac{(s-c)^{2l_\lambda^{(\varkappa)} + e_\lambda}}{S^{(\varkappa-1)}.\ S^{(\varkappa)}} \right\}'s = c_\lambda$$

wo $l_\lambda^{(\varkappa)}$ die früher $l^{(\varkappa)}$ gegebene Bedeutung hat, und der Index λ nur auf die Zusammengehörigkeit mit e_λ, c_λ hinweist.

Man bezeichne nun, wenn e eine beliebige ganze Zahl bedeutet:

$$\Sigma X_{\lambda\mu} \cdot X_{\lambda\nu} \text{ mit } (X_\lambda X_\lambda)_e$$

$$(\mu + \nu = e - 1).$$

Dann erhält man die folgenden Umformungen:

$$(23) \qquad \left\{ \begin{aligned} \Phi &= \underset{\lambda}{\Sigma}(X_\lambda X_\lambda)_{e_\lambda}, \\ \Psi &= \underset{\lambda}{\Sigma}c_\lambda(X_\lambda X_\lambda)_{e_\lambda} + (X_\lambda X_\lambda)_{e_\lambda - 1} \end{aligned} \right.$$

wo die Summation sieh über die den verschiedenen Elementartheilern entsprechenden λ zu erstrecken hat und $(X_\lambda X_\lambda)_{e_\lambda - 1}$ gleich Null zu setzen ist, wenn e_λ den Werth 1 hat.

Dies sind die fraglichen Umgestaltungen der Formen Φ, Ψ. Es lässt sich nachweisen, dass die neuen n Variabeln:

$$X_{1,0}, X_{1,1}, \ldots X_{1,e_1 - 1},$$

$$\cdots\cdots\cdots\cdots\cdots$$

$$X_{\lambda,0}, X_{\lambda,1}, \ldots X_{\lambda,e_\lambda - 1},$$

$$\cdots\cdots\cdots\cdots\cdots$$

durch welche Φ und Ψ vorstehend ausgedrückt sind, aus

den Variabeln X (20) und damit aus den ursprünglichen
Variabeln x durch eine Substitution hergeleitet worden
sind, deren Determinante nicht verschwindet.

Einem gegebenen Systeme von Elementartheilern
entsprechend, können wir, nach den Formeln (23), ohne
Weiteres ein System zweier Formen hinschreiben. Sind
insbesondere alle Elementartheiler von der ersten Ordnung, so stellen sich Φ und Ψ dar durch die Quadrate
der neuen Variabeln.

15. Ehe wir zur Anwendung der vorstehenden Umgestaltung auf die beiden uns gegebenen Formen P, Ω
übergehen, mögen wir untersuchen, in wie weit sich die
unter (21) eingeführten Variabeln $X_{\lambda,\mu}$ durch andre, gleich-
berechtigte, ersetzen lassen, in denen sich Φ und Ψ ebenfalls unter der Form (23) darstellen.

Von den Elementartheilern der Determinante S seien
μ_ν mal ν einander gleich. Dann ist es möglich, eine lineare Substitution anzugeben, welche

$$\sum_\nu \mu_\nu \cdot \frac{\nu(\nu-1)}{1.2}$$

willkürliche Constante enthält und die Eigenschaft besitzt, Φ und Ψ in der unter (23) gegebenen Gestalt in sich selbst zu transformiren.

Es seien ν unter sich gleiche Elementartheiler der
$e.$ ten Ordnung gegeben, und es sei zunächst $e > 1$. Wir
bezeichnen die Theiler der Reihe nach mit den Indices
$1, 2, \ldots, \nu$, allgemein durch den Index α. Einem jeden
dieser Elementartheiler entspricht, in der unter (23) gegebenen Darstellung der Formen Φ und Ψ, in Φ eine
Function der e Variabeln:

$$X_{\alpha,0}, X_{\alpha,1}, \ldots \ldots, X_{\alpha,e_\alpha-1},$$

die wir mit $(X_\alpha X_\alpha)_{e_\alpha}$ bezeichnet haben, und in Ψ dieselbe
Function derselben e Variabeln, multiplicirt mit einer von

dem Index α unabhängigen Constante, vermehrt um eine Function, $\left(\frac{(X_\alpha X_\alpha)}{e_\alpha{}^{-1}} \right)$, allein der $(e-1)$ Variabeln:

$$X_{\alpha,0}, \; X_{\alpha,1}, \ldots\ldots, X_{\alpha,e_\alpha-2},$$

Die Variabeln $X_{\alpha,e_\alpha-1}$ kommen nur in der ersten Function und in derselben, gemäss der Bedeutung des Symbols $(X_\alpha X_\alpha)_{e_\alpha}$, nur in der Verbindung:

$$2 X_{\alpha,0} \, X_{\alpha,e_\alpha-1}.$$

in Φ und Ψ also nur in dem folgenden Ausdruck vor:

$$2\,X_{1,0} \cdot X_{1,e_1-1} + 2\,X_{2,0} \cdot X_{2,e_2-1} + \ldots + 2\,X_{\nu,0}\, X_{\nu,e_\nu-1}.$$

Die Form von Φ und Ψ bleibt also nur geändert, wenn wir die Variabeln $X_{\alpha,e_\alpha-1}$ durch eine folgende lineare Substitution:

$X_{\alpha,e_\alpha-1} = X_{\alpha,e_\alpha-1}$, vermehrt um eine lineare Function von $X_{1,0}\ldots\ldots, X_{\nu,0}$, transformiren und dabei bedingen, dass durch diese Substitution der Ausdruck

$$X_{1,0} \cdot X_{1,e_1-1} + X_{2,0} \cdot X_{2,e_2-1} + \ldots + X_{\nu,0} \cdot X_{\nu,e_\nu-1}$$

in sich selbst übergehe. Bei einer derartigen Substitution haben wir über ν^2 Constante zu verfügen und $\frac{\nu(\nu+1)}{1.2}$ Bedingungen zu befriedigen. Es bleiben also noch

$$\nu^2 - \frac{\nu(\nu+1)}{1.2} = \frac{\nu(\nu-1)}{1.2}$$

Constanten willkürlich.

Die gleiche Zahl ergibt sich, wenn wir $e = 1$ annehmen. Denn dann ist die Function:

$$X_{1,0}{}^2 + X_{2,0}{}^2 + \ldots\ldots + X_{\nu,0}{}^2$$

in sich selbst zu transformiren.

Auf diese Weise können wir mit jedem in der Reihe der Elementartheiler der Determinante S enthaltenen System gleicher Theiler verfahren und erhalten so die oben angegebene Zahl:

$$\sum_\nu \mu_\nu \cdot \frac{\nu(\nu-1)}{1.2}.$$

Es bezeichnet diese Zahl den Werth, den das den Formen (23) zu Grunde gelegte System von Variabeln für diese Formen besitzt.

16. Eine weitere Untersuchung knüpft sich an das Vorzeichen der durch die Gleichung (22) bestimmten Constante C_λ.

Man theilt bekanntlich die quadratischen Formen von n Variabeln mit nicht verschwindender Determinante in Classen ein, je nach dem Ueberschuss, den die Anzahl der positiven Quadrate über die Anzahl der negativen Quadrate ergibt, wenn man die gegebene Form durch irgend eine reelle lineare Substitution mit nicht verschwindender Determinante auf eine Form transformirt, die nur die Quadrate der Variabeln enthält. Es bezeichne m den Ueberschuss, welcher zu der gegebenen Function Φ gehört. Dann gilt der folgende Satz, unabhängig von der Wahl der Form Ψ.

Wenn man die Constanten C_λ, welche zu reellen Elementartheilern einer ungeraden Ordnung gehören, nach ihrem Vorzeichen in zwei Gruppen theilt, so enthält die Gruppe der positiven C_λ m Glieder mehr als die der negativen.

Und daraus folgt der Satz, dass die Determinante S, unabhängig von der Wahl der Form Ψ, mindestens m reelle Elementartheiler ungerader Ordnung besitzen muss.

Wenn $(s-c)^{e_\lambda}$ einen reellen Elementartheiler und ε_λ die positive oder negative Einheit bezeichnet, je nachdem C_λ positiv oder negativ ist, wollen wir (mit Weierstrass)

$$X_{\lambda_\mu} = +\sqrt{\varepsilon_\lambda} \cdot \mathfrak{X}_{\lambda_\mu}$$

und also:

$$(X_\lambda X_\lambda)_{e_\lambda} = \varepsilon_\lambda (\mathfrak{X}_\lambda \mathfrak{X}_\lambda)_{e_\lambda}$$

setzen. Dann sind die $\mathfrak{X}_{\lambda\mu}$ lineare Functionen der ursprünglichen Veränderlichen x mit reellen Coëfficienten. Ist dagegen $(S-c_\lambda)^{e_\lambda}$ ein imaginärer Elementartheiler, so findet sich ein zweiter, ihm conjugirter, $(s-c_{\lambda'})^{e_{\lambda'}}$, wo $e_\lambda = e_{\lambda'}$. Indem wir dann den Wurzelgrössen $\sqrt{C_\lambda}$, $\sqrt{C_{\lambda'}}$ conjugirte Werthe ertheilen und

$$X_{\lambda\mu} = \mathfrak{X}_{\lambda\mu} + i\,\mathfrak{X}'_{\lambda\mu},$$
$$X_{\lambda'\mu} = \mathfrak{X}_{\lambda'\mu} - i\,\mathfrak{X}'_{\lambda\mu}$$

setzen, werden $\mathfrak{X}_{\lambda\mu}$, $\mathfrak{X}'_{\lambda\mu}$ lineare Functionen der Variabeln x ebenfalls mit reellen Coëfficienten; und man hat:

$$\left(X_\lambda X_\lambda\right)_{e_\lambda} + \left(X_{\lambda'} X_{\lambda'}\right)_{e_{\lambda'}}, = 2\left(\mathfrak{X}_\lambda\mathfrak{X}_\lambda\right)_{e_\lambda} - 2\left(\mathfrak{X}'_\lambda\mathfrak{X}'_\lambda\right)_{e_{\lambda'}}.$$

Nach diesen Substitutionen ist Φ dargestellt durch n reelle Variable. Wir haben Φ jetzt durch irgend eine reelle Substitution auf die Quadrate n neuer Veränderlicher zu transformiren. Dann muss der Ueberschuss der positiven über die Anzahl der negativen Quadrate m betragen.

Je zwei conjugirt imaginäre Elementartheiler liefern offenbar keinen Beitrag zu diesem Ueberschusse m. Denn $\left(\mathfrak{X}_\lambda \mathfrak{X}_\lambda\right)_{e_\lambda}$ liefert ebenso viele Quadrate des einen Zeichens, wie $\left(\mathfrak{X}'_\lambda \mathfrak{X}'_\lambda\right)_{e_\lambda}$.

Der einem ungeraden reellen Elementartheiler entsprechende Ausdruck liefert den Ueberschuss eines Quadrates mit dem Zeichen ε_λ. Denn der entsprechende Ausdruck $\left(\mathfrak{X}_\lambda \mathfrak{X}_\lambda\right)_{e_\lambda}$ enthält ein Quadrat und $\frac{e_\lambda - 1}{2}$ Producte von jedesmal zwei Variabeln. Solch' ein Product vertritt ein positives und ein negatives Quadrat.

Ist dagegen der reelle Elementartheiler von einer geraden Ordnung, so umfasst der Ausdruck $\left(\mathfrak{X}_\lambda \mathfrak{X}_\lambda\right)_{e_\lambda}$ nur Producte der Variabeln zu zwei und liefert somit eine gleiche Anzahl positiver und negativer Quadrate.

Damit sind die vorstehenden beiden Sätze bewiesen. Umgekehrt ist aus den Formen (21) klar, dass man, bei

gegebenem Φ, einem beliebigen Systeme von Elementartheilern entsprechend, eine Form Ψ mit reellen Coëfficienten bestimmen kann, sobald unter den Quadraten,
welche in der Darstellung (21) von Φ den ungeraden
reellen Theilern entsprechen, m positive mehr als negative
angenommen werden. Denn man denke sich Φ durch
irgend eine reelle lineare Substitution auf eine Form transformirt, welche nur die Quadrate der Variabeln enthält.
Es lassen sich dann, unter der gemachten Voraussetzung,
immer lineare Substitutionen angeben, welche Φ von dieser
Form zu der unten (23) gegebenen überführen, wobei die
neuen Variabeln entweder sich reell durch die früheren
ausdrücken oder paarweise imaginär conjugirt sind, je nach
der Art des Elementartheilers, welchem sie entsprechen.
Es genügt dann in (23) Ψ mit solchen Coëfficienten zu ver-
sehen, wie sie den verschiedenen Elementartheilern zugehören. Dann führt die Rücksubstitution zu einer Form Ψ
in den ursprünglichen Variabeln mit reellen Coëfficienten.
Es gibt das das Mittel, bei gegebenem Φ ohne Weiteres
alle Fälle hinzuschreiben, welche bei der Transformation
der Formen Φ, Ψ auf die Gestalt (23) auftreten können.

17. Wir kehren zu den uns gegebenen Formen P und
Ω zurück. Indem wir P als Form mit nicht verschwindender Determinante an die Stelle von Φ, Ω an die von Ψ
treten lassen, erhalten wir aus (23) die folgende Darstellung der Formen P und Ω:

$$
(24) \quad
\begin{cases}
P = \underset{\lambda}{\Sigma} \, (X_\lambda X_\lambda)_{e_\lambda}, \\
\Omega = \underset{\lambda}{\Sigma} \, c_\lambda \, (X_\lambda X_\lambda)_{e_\lambda} + (X_\lambda X_\lambda)_{e_\lambda - 1}.
\end{cases}
$$

Die neuen Variabeln bestimmen sich, wie in dem allgemeinen Falle, durch die Formeln (20), (21), (22). Es
ist in denselben die Zahl n der Variabeln überall durch
6 zu ersetzen. Wir bemerken nur, dass diese Formeln
sich bei der gegebenen Form von P dadurch vereinfachen,

dass an die Stelle der Grössen $\frac{d\Phi}{dx}$ die Variabeln x selbst, nur in veränderter Reihenfolge, treten.

Auch die Erörterung der 15. Nummer über die Multiplicität der Tranformation auf die Form (23) behalten ihre Gültigkeit. Wir mögen desswegen die Bezeichnung μ_ν der Anzahl der Systeme von ν Elementartheilern, die unter sich gleich sind, beibehalten.

Die in der 16. Nummer gegebenen Sätze über die Anzahl der in der Darstellung (23) der Form Φ enthaltenen positiven und negativen reellen Quadrate modificiren sich, der besonderen Gestalt von P entsprechend, folgendermassen.

Wenn wir die Form P durch irgend eine reelle Substitution mit nicht verschwindender Determinante auf eine Form transformiren, die nur die Quadrate der Variabeln enthält, so finden sich unter diesen Quadraten g l e i c h v i e l e positive und negative. Die Zahl m also, welche in dem allgemeinen Falle den Ueberschuss der positiven über die negativen Quadrate angab, wird in dem Falle der Form P gleich Null.

Es werden sich also in der Darstellung (24) der Form P immer e i n e g l e i c h e A n z a h l p o s i t i v e r u n d n e g a t i v e r r e e l l e r Q u a d r a t e v o r f i n d e n. Wir mögen diese Anzahl mit σ bezeichnen. Dann ist $2\,\sigma$ die Zahl der reellen Elementartheiler einer ungeraden Ordnung. — In dem allgemeinen Falle der Form Φ sind wenigstens m solcher Elementartheiler vorhanden, während die Zahl der reellen Elementartheiler einer geraden Ordnung willkürlich ist. Umgekehrt lässt sich die Form Ψ so wählen, dass überhaupt nur m reelle Elementartheiler und zwar ungerader Ordnung vorhanden sind. Weil m für die Form P den Werth Null hat, können also, je nach Wahl der Form Ω, b e l i e b i g v i e l e E l e m e n t a r t h e i l e r d e r D e t e r m i n a n t e d e r F o r m

$s P + \Omega$ imaginär werden. — Die Anzahl der Elementartheiler einer ungeraden Ordnung mögen wir in der Folge mit $2\,\varrho$ bezeichnen.

Das Vorstehende liefert das vollständige Material zu einer Eintheilung der Complexe des zweiten Grades. Nach der Ordnung der Ω zugehörigen Elementartheiler bestimmt sich die Gestalt der Formen (24). Indem wir die Zahlen zusammenstellen, welche die Ordnungen der einzelnen Elementartheiler angeben, erhalten wir in dem folgenden Schema eine Eintheilung sämmtlicher Complexe zweiten Grades in elf unterschiedene Arten:

	Ordnung der Elementartheiler.
I	1, 1, 1, 1, 1, 1,
II	1, 1, 1, 1, 2,
III	1, 1, 1, 3,
IV	1, 1, 2, 2,
V	1, 1, 4,
VI	1, 2, 3,
VII	2, 2, 2,
VIII	1, 5,
IX	2, 4,
X	3, 3,
XI.	6.

Es bezeichnet die Zahl 11 die Anzahl der Möglichkeiten der Zerlegung der Zahl der Veränderlichen, 6, in Summanden.

Weitere Eintheilungsgründe gibt die Zahl der gleichen und die Zahl der imaginären Elementartheiler; dann das Vorzeichen der reellen Elementartheilern in der Darstellung (22) von P entsprechenden Glieder. — Wir unterlassen es, die verschiedenen Fälle, welche sonach Statt finden können, einzeln aufzuzählen, oder nachzuweisen, wie sich dieselben continuirlich als Uebergangsfälle zwischen extremen Gliedern an einander reihen lassen.

18. Wir wollen die unter (24) gegebene Gestalt der

Form P noch folgendermassen transformiren. Alle diejenigen Glieder, welche imaginären Elementartheilern entsprechen, lassen wir unverändert. Dagegen führen wir statt der Variabeln $X_{\lambda,0} \ldots X_{\lambda,e_\lambda - 1}$, welche einem reellen Elementartheiler zugehören, je nach dem Vorzeichen der Constante C_λ (22), neue Variabeln ein. In dem Falle, dass C_λ positiv ist, behalten wir die ursprünglichen Veränderlichen bei. In dem entgegengesetzten Falle setzen wir:

$$X_{\lambda\beta} = \pm i \, \mathfrak{X}_{\lambda\beta},$$

und bestimmen dabei das Vorzeichen der Quadratwurzel in einer solchen Weise, dass ein jedes der doppelten Producte $2 \, X_{\lambda,\beta} \cdot X_{\lambda,e_\lambda - \beta - 1}$ als $2 \, \mathfrak{X}_{\lambda,\beta} \cdot \mathfrak{X}_{\lambda,e_\lambda - \beta - 1}$ mit dem positiven Vorzeichen in die neue Darstellung der Form P eingeht.

Dann ist die Form P dargestellt durch die Quadrate von 2ϱ Variabeln, unter denen sich 2σ reelle finden, und $(3-\varrho)$ doppelte Producte von jedesmal 2 der übrigen $6-2\varrho$ Veränderlichen. Dabei haben diejenigen doppelten Producte, in welche reelle Variabeln eingehen, das positive Vorzeichen. Von diesen Darstellung der Form P müssen wir durch eine neue lineare Substitution zu der ursprünglich gegebenen Gestalt:

$$\sum_\varkappa p_\varkappa \cdot p_{\varkappa+3},$$

in welcher nur doppelte Producte von jedesmal zwei der sechs Veränderlichen vorkommen, die alle das positive Vorzeichen haben, zurückgehen.

Zu diesem Zwecke werden wir diejenigen $6-2\varrho$ Variabeln, die in der gegebenen Darstellung der Form bereits zu doppelten Producten von je zwei verbunden sind, ohne Weiteres beibehalten. Dagegen werden wir die 2ϱ Quadrate in ϱ Gruppen von jedesmal 2 eintheilen und jede einzelne Gruppe in das doppelte Product zweier neuer Variabeln auflösen. Wir zerlegen so

$$Y_\alpha^2 + Y_\beta^2,$$

wo Y_α^2, Y_β^2 zwei derartiger Quadrate bedeuten, in das Product der beiden linearen Factoren:

$$\lambda \cdot \frac{Y_\alpha + i\,Y_\beta}{\sqrt 2}\,, \frac{1}{\lambda} \cdot \frac{Y_\alpha - i\,Y_\beta}{\sqrt 2},$$

wo λ eine noch willkürliche Constante bedeutet. Sind Y_α, Y_β nicht einander conjugirt imaginär, so ist es vortheilhaft, λ einfach der positiven Einheit gleich zu setzen. Im entgegengesetzten Falle wählen wir λ gleich $1 \pm i$ und erhalten dadurch an Stelle von y_α, y_β bezüglich deren reelle und imaginäre Theile als neue Veränderliche. Die Art und Weise der Eintheilung der 2ϱ Quadrate in ϱ Gruppen von 2 ist eine willkürliche. So lange die Elementartheiler, welche den einzelnen Quadraten entsprechen, sämmtlich verschieden sind, hat jedes System neuer Variabeln, welches durch eine beliebige Gruppirung der 2ϱ Quadrate gewonnen wird, eine gleiche Berechtigung. Wir haben dann die Wahl zwischen

$$(2\varrho - 1)(2\varrho - 3)\ldots..$$

verschiedenen Systemen. Denn dieses ist die Anzahl der Möglichkeiten einer verschiedenen Gruppirung von 2ϱ Elementen zu 2. Diese Zahl nimmt für die in der vorigen Nummer aufgezählten 11 Fälle bezüglich die folgenden Werthe an:

15, 3, 1, 1, 1, 1, 1, 1, 1, 1, 1.

Anders ist es, wenn sich unter den Elementartheilern, welche den 2ϱ Quadraten zugehören, gleiche befinden. Wir werden sodann immer solche Quadrate zunächst zu zwei gruppiren, welche gleichen Elementartheilern entsprechen. Und mit dem Reste der Quadrate, welcher bei dieser Operation zurückbleibt, werden wir in derselben Weise vorgehen, wie eben mit den überhaupt vorhandenen 2ϱ Quadraten.

In der 15. Nummer haben wir mit μ_ν diejenige Zahl bezeichnet, welche angiebt, wie oft sich unter den Elementartheilern ν gleiche befinden. Dem entsprechend bezeichnen wir mit $\mu'_{2\nu}$, bezüglich $\mu'_{2\nu+1}$ diejenigen Zahlen, welche ausdrücken, wie oft sich 2ν, bezüglich $2\nu+1$ gleiche unter den Elementartheilern einer ungeraden Ordnung befinden. Endlich führen wir die Bezeichnung μ''_ν für die Summe $\mu'_{2\nu} + \mu'_{2\nu+1}$ ein.

Eine jede Abtheilung von 2ν zusammengehörigen (gleichen Elementartheilern entsprechenden) Quadraten liefert

$$(2\nu - 1)(2\nu - 3)\ldots$$

verschiedene Systeme neuer Variabeln.

Aus jeder Abtheilung von $2\nu + 1$ zusammengehörigen Quadraten müssen wir zunächst beliebig ein Quadrat aussondern, was auf $(2\nu+1)$ fache Weise geschehen kann, und haben dann die übrigen 2ν zu 2 zu combiniren. Wir erhalten also die Zahl:

$$(2\nu + 1)(2\nu - 1)(2\nu - 3)\ldots$$

So bleiben schliesslich noch $\Sigma\mu'_{2\nu+1}$ Einzelquadrate übrig. Dieselben lassen

$$(\Sigma\mu'_{2\nu+1} - 1)(\Sigma\mu'_{2\nu+1} - 3)\ldots$$

verschiedene Gruppirungen zu.

Als Totalanzahl der Systeme gleichberechtigter Variabeln erhalten wir somit das Product:

$$R = (\Sigma\mu'_{2\nu+1} - 1)(\Sigma\mu'_{2\nu+1} - 3)\ldots$$
$$\cdot \Pi_\nu (2\nu + 1)^{\mu'_{2\nu+1}} \cdot \left[(2\nu - 1)(2\nu - 3)\ldots\right]^{\mu''_\nu}$$

In diesem allgemeinen Ausdrucke ist der oben abgeleitete:

$$(2\varrho - 1)(2\varrho - 3)\ldots$$

als besonderer Fall enthalten.

Den so bestimmten sechs neuen Veränderlichen geben wir, indem P durch ihre Einführung seine frühere Gestalt wieder angenommen hat, die Bedeutung von Linien-Coordinaten. Durch Substitution derselben in die Form Ω (24) geht dieselbe in eine neue Form

über, welche wir als canonische bezeichnen.
Dieselbe erhält, je nach Zahl und Ordnung der Elementartheiler, eine verschiedene Gestalt. Wir unterlassen es,
dieselbe den vorstehend unterschiedenen elf Arten von
Complexen entsprechend hinzuschreiben. Wenn unter
den Elementartheilern ungerader Ordnung gleiche auftreten, erhält eine Anzahl der in die zugehörige canonische Form eingehenden Constanten den Werth Null.

19. Die Transformation der Form Ω auf die canonische Gestalt ist eine mehrdeutige. Die in der vorigen Nummer gegebene Zahl R bestimmt den Grad dieser Mehrdeutigkeit. Wir untersuchen jetzt, inwieweit
sich unter diesen verschiedenen Transformationen solche
finden, die zu reellen neuen Variabeln führen.

Dazu ist zunächst die Bedingung zu erfüllen, dass
sich unter den mehrfachen Wurzeln der Gleichung in
s, welche ausdrückt, dass die Determinante S der Form
$sP + \Omega$ verschwindet (n. 13), keine imaginären finden. Denn
solchen Wurzeln entspricht entweder eine Reihe gleicher
Elementartheiler, oder, wenn dieses nicht der Fall ist,
zum Mindesten ein Elementartheiler von einer höheren
als der ersten Ordnung. In beiden Fällen erhalten wir
unter den canonischen Variabeln imaginäre. Weiter verlangt die Annahme, dass ein System reeller canonischer
Variabeln möglich sei, die Bedingung, dass unter den
2ν, bezüglich $2\nu + 1$ Quadraten, die zu gleichen Elementartheilern gehören, ν positive und ν negative vorkommen. Wenn diese Bedingung durchgängig für Werthe
von ν, die grösser als o sind, erfüllt ist und wir nur
Quadrate von entgegengesetztem Zeichen zu zwei combiniren, finden sich, nach den Erörterungen der 17. Nummer, unter den schliesslich übrigbleibenden Einzelquadraten gleich viele positive und negative. — Wir erhalten unter den vorstehenden Voraussetzungen die folgende
Anzahl reeller Transformationen. Eine jede Gruppe von

2ν, bezüglich $2\nu+1$ zusammengehöriger Quadrate geben $\nu!$, bezüglich $(\nu+1)!$ verschiedene Systeme neuer reeller Variabeln. Denn aus der Anzahl der $2\nu+1$ Quadrate muss ein Quadrat ausgesondert werden, welches ein derartiges Vorzeichen hat, wie ausser ihm noch ν andere. Es ist das auf $(\nu+1)$ fache Weise möglich. Und dann sind ν positive Elemente mit ν negativen so zu 2 zu combiniren, dass jede Gruppe ein positives und ein negatives Element enthält. Solcher Combinationen gibt es $\nu!$. Schliesslich sind noch $\Sigma\mu'_{2\nu+1}$ Einzelquadrate zu gruppiren. Wir haben oben angenommen, dass die Anzahl aller reeller Quadrate in der Darstellung von Φ 2σ betrage. Nun haben wir schon über $2\Sigma\nu.\mu''_\nu$ reelle Quadrate verfügt. Es bleiben also unter den Einzelquadraten noch

$$2(\sigma-\Sigma\nu.\mu''_\nu)$$

reelle übrig. Indem wir sodann die conjugirt imaginären unter den Einzelquadraten zusammen nehmen, und unter den reellen Quadraten jedesmal ein positives mit einem negativen verbinden, erhalten wie $(\sigma-\Sigma\nu.\mu''_\nu)!$ Systeme reeller Variabeln. Eine relle Transformation der gegebenen Form Ω auf die canonische Form ist demnach auf R' fache Weise möglich, wo R' das folgende Product bezeichnet:

$$R' = (\sigma - \Sigma\nu.\mu''_\nu)!. \; \underset{\nu}{\Pi}(\nu+1)^{\mu'_{2\nu+1}}. \; (\nu!)^{\mu''_\nu}.$$

Sind insbesondere alle Elementartheiler verschieden, so ist diese Zahl gleich $\sigma!$. Beispielsweise können in dem oben mit I bezeichneten Falle

$$0, \; 2, \; 4, \; 6$$

der Elementartheiler imaginär werden, und danach sind von den 15 verschiedenen Systemen linearer Substitutionen, welche Ω unter der Voraussetzung verschiedener Theiler in diesem Falle auf die canonische Form transformiren, bezüglich

$$6, 2, 1, 1,$$

reell.

Auch in solchen Fällen, in denen alle Systeme canonischer Variabeln imaginär ausfallen, ist es selbstverständlich möglich, Ω durch eine reelle Substitution auf eine einfache Form zu transformiren, etwa indem wir die reellen und imaginären Theile der in Rede stehenden imaginären Variabeln als neue Veränderliche betrachten; aber wir dürfen eine solche Form nicht als canonische bezeichnen, weil sie nach einem anderen Modus, als demjenigen, der in allen übrigen Fällen angewandt ist, aus der Darstellung (24) der Form Ω sich ableitet.

25. Wenn wir zusammenfassen, sind wir zu dem folgenden Resultate gelangt:

Es sei ein Complex des zweiten Grades gegeben:

$$\Omega = o,$$

und es bezeichne:

$$P = o$$

die Bedingungsgleichung zweiten Grades, welcher die Linien-Coordinaten genügen müssen.

Es sei ferner $(s - c_\lambda)^{\varrho\lambda}$ ein beliebiger Elementartheiler der Determinante der Form $sP + \Omega$, und es bedeute μ_ν die Zahl, welche angibt, wie oft sich unter den Elementartheilern ν gleiche befinden. $\mu'_{2\nu}$ und $\mu'_{2\nu+1}$ mögen diejenigen Zahlen bezeichnen, welche ausdrücken, wie oft unter den Elementartheilern ungerader Ordnung bezüglich 2ν und $2\nu + 1$ gleiche vorkommen. μ''_ν bedeute die Summe $\mu'_{2\nu} + \mu'_{2\nu+1}$. Endlich sei 2σ die Anzahl der reellen unter den Elementartheilern einer ungeraden Ordnung.

Dann lassen sich P und Ω durch eine Sub-

stitution mit nicht verschwindender Determinante, welche noch

$$\sum_\nu \mu_\nu \frac{\nu(\nu-1)}{1.2}$$

willkürliche Constanten enthält, simultan auf
die folgende Gestalt transformiren:

$$P = \sum_\lambda \sum_{(\mu+\nu = e_\lambda -1)} X_{\lambda\mu} \cdot X_{\lambda\nu},$$

$$\Omega = \sum_\lambda \left\{ c_\lambda \sum_{(\mu+\nu = e_\lambda -1)} X_{\lambda\mu} \cdot X_{\lambda\nu} + \sum_{(\mu+\nu = e_\lambda -2)} X_{\lambda\mu} \cdot X_{\lambda\nu} \right\},$$

wo $X_{\lambda,0} \ldots X_{\lambda,e_\lambda -1}$ die neuen Variabeln bedeuten,
und die Summe

$$\sum_{(\mu+\nu = e_\lambda -2)} X_{\lambda\mu} \cdot X_{\lambda\nu}$$

gleich Null zu setzen ist, wenn e_λ den Werth
der Einheit hat.

Von dieser Darstellung der Form Ω können
wir durch

$$R = (\sum \mu'_{2\nu+1} - 1) \cdot (\sum \mu'_{2\nu+1} - 3) \cdots$$
$$\cdot \prod_\nu (2\nu+1)^{\mu'_{2\nu+1}} \cdot \left[(2\nu-1)(2\nu-3) \ldots \right]^{\mu''_\nu}$$

verschiedene Systeme linearer Substitutionen
mit nicht verschwindender Determinante zu
der canonischen Gestalt derselben übergehen.
Im günstigen Falle lässt sich das System der
neuen Variabeln auf

$$R' = [\sigma - \sum \nu \cdot \mu''_\nu]! \cdot \prod_\nu (\nu+1)^{\mu'_{2\nu+1}} \cdot (\nu!)^{\mu''_\nu}$$

fach verschiedene Weise so auswählen, dass
die Transformation eine reelle wird. Dazu ist
erforderlich, einmal, dass sich unter den Wurzeln der gleich Null gesetzten Determinante
von $sP + \Omega$ keine mehrfachen imaginären fin-

den; dann, dass die Anzahl reeller positiver Quadrate, welche zu gleichen Elementartheilern in der vorhin gegebenen Form von P gehören, von der Anzahl der reellen negativen höchstens um 1 verschieden sei.

V.

Geometrische Deutung der Transformation auf die canonische Form, insbesondere in dem Falle, dass alle Elementartheiler linear und verschieden sind.

21. Die Coëfficienten der Substitution, durch welche Ω auf die canonische Gestalt transformirt wird, geben, nach der 8. Nummer, unmittelbar die Kanten des ausgezeichneten Coordinaten-Tetraeders, mit Bezug auf welches sich die Gleichung des Complexes unter canonischer Form schreibt. Den verschiedenen Substitutionen entsprechend, erhalten wir eine

$$\sum_{\nu} \mu_\nu \frac{\nu(\nu-1)}{1.2}. \text{ fach}$$

unendliche Schaar von jedesmal R Coordinaten-Tetraedern, unter welchen R' reelle vorkommen. Diese Tetraeder stehen sämmtlich in derselben ausgezeichneten Beziehung zum Complex.

Wir verstehen dabei unter einer einfach, zweifach, ...m fach unendlichen Schaar von Coordinaten-Tetraedern die Gesammtheit aller derjenigen, welche Kanten besitzen, deren Coordinaten sich aus den Coordinaten der Kanten eines derselben unter Zuhülfenahme von $1, 2, \ldots, m$ willkürlichen Constanten ableiten lassen. Wenn wir also, unter $P_\varkappa$, $P_{\varkappa+3}$ zwei gegenüberstehende Kanten des Coordinaten-Tetraeders verstanden, die Transformation:

$$p_\varkappa = \lambda p'_\varkappa, \quad p'_{\varkappa+3} = \lambda p_{\varkappa+3}$$

anwenden, durch welche die Kanten selbst und damit das Tetraeder nicht verändert werden und nur der dem Coordinaten-System zu Grunde gelegte Massstab ein anderer wird, so müssen wir consequenterweise, den verschiedenen Werthen der willkürlichen Constante λ entsprechend, von einer einfach unendlichen Schaar von Tetraedern sprechen.

22. Wir beschränken uns in dem Folgenden auf die geometrische Discussion des gewonnenen Resultates allein in dem Falle, dass alle Elementartheiler linear und verschieden sind. In diesem Falle sind P und $\varOmega$ unter (24) durch die folgenden Formen dargestellt:

$$(25) \qquad \begin{cases} P = \underset{\lambda}{\varSigma} . X_\lambda^2, \\ \varOmega = \underset{\lambda}{\varSigma} c_\lambda X_\lambda^2, \end{cases}$$

wo die Summation von 1 bis 6 zu gehen hat, und $c_1 \ldots c_6$ von einander verschiedene Grössen bedeuten. Auf 15 verschiedene Arten können wir $\varOmega$, von dieser Darstellung ausgehend, auf die canonische Form transformiren. Jenachdem

$$0, \ 2, \ 4, \ 6$$

der Elementartheiler imaginär sind, sind von den 15 ausgezeichneten Tetraedern bezüglich

$$6, \ 2, \ 1, \ 1$$

reell. Mit Bezug auf ein beliebiges dieser letzten Tetraeder schreibt sich die Form $\varOmega$ unter der folgenden Gestalt:

$$(26) \qquad \begin{aligned} \varOmega = \ &A_{1,4} \, (p_1{}^2 \pm p_4{}^2) + 2 \, B_{1,4} \, p_1 \, p_4 \\ + \ &A_{2,5} \, (p_2{}^2 \pm p_5{}^2) + 2 \, B_{2,5} \, p_2 \, p_5 \\ + \ &A_{3,6} \, (p_3{}^2 \pm p_6{}^2) + 2 \, B_{3,6} \, p_3 \, p_6 \, , \end{aligned}$$

wo $p_1 \ldots \ldots p_6$ die neuen reellen Variabeln und A die Coëfficienten der einen, B die der anderen Gruppe bezeichnen ($n.$ 12). Von den drei unbestimmt gebliebenen

Vorzeichen ist einem jeden Paare imaginärer Elementartheiler entsprechend eins negativ zu wählen.

Dies ist in dem Falle linearer und ver-
schiedener Elementartheiler die canonische
Gestalt der Form Ω, deren Ableitung unsere
Aufgabe war.

23. Es beschäftigt uns zunächst die Gruppirung der
15 ausgezeichneten Tetraeder unter sich. Wir mögen
dieselben kurz als die Fundamental-Tetraeder des
Complexes bezeichnen.

Zwei gegenüberstehende Kanten eines der fünfzehn
Fundamental-Tetraeder sind ihm mit zwei anderen gemeinsam. Denn wenn wir von den sechs Quadraten, durch
welche P unter (23) dargestellt wird, zwei beliebige auswählen, so lassen sich die vier übrigen noch dreimal in
zwei Gruppen von zwei theilen. Das System der fünfzehn Fundamental-Tetraeder umfasst sonach 30 Kanten.
Die 60 Seitenflächen derselben schneiden sich zu 6 nach
diesen Kanten, und die 60 Eckpunkte derselben sind ebenfalls zu 6 auf dieselben vertheilt. Es schneidet also eine
jede der 30 Kanten 12 der übrigen. Dieselben 12 Kanten werden von einer zweiten Kante geschnitten, die zu
zu der ersten in einer ausschliesslichen Beziehung steht.
Danach sondern sich die 30 Kanten in 15 Gruppen von 2,
die zusammengehören.

Die in (25) eingehenden Variabeln X_λ stellen, einzeln
gleich Null gesetzt, lineare Complexe dar. Wenn wir
zwei derselben, X_1, X_2, beliebig auswählen, so stellen
die beiden Gleichungen:
$$X_1 + X_2 = o \, , \ X_1 - X_2 = o$$
zwei zusammengehörige der 30 Kanten der Fundamental-
Tetraeder dar. Alle geraden Linien, welche die eine und
die andere dieser beiden Kanten schneiden, befriedigen
die vorstehenden beiden Gleichungen und gehören somit
den beiden Complexen X_1, X_2 an. Es sind also die in

Rede stehenden beiden Kanten die Directricen der von den beiden Complexen X_1, X_2 gebildeten Congruenz (*n.* 12). Es gibt das die geometrische Deutung der Variabeln X_λ aus dem System der Fundamental-Tetraeder.

Drei unter den Complexen X_λ, etwa X_1, X_2, X_3, bestimmen eine Fläche des zweiten Grades (Hyperboloid) als windschiefe Fläche (*n.* 12). Dieser Fläche gehören, als Directricen der Congruenzen je zweier der drei Complexe *), die folgenden sechs aus dem System der Kanten Fundamental-Tetraeder als Linien einer Erzeugung derselben an:

$$X_1 + X_2 = o, \quad X_2 + X_3 = o, \quad X_3 + X_1 = o,$$
$$X_1 - X_2 = o, \quad X_2 - X_3 = o, \quad X_3 - X_1 = o.$$

Und weil die 30 fraglichen Kanten zu Tetraedern gruppirt sind, sind die folgenden sechs Kanten:

$$X_4 + X_5 = o, \quad X_5 + X_6 = o, \quad X_6 + X_4 = o,$$
$$X_4 - X_5 = o, \quad X_5 - X_6 = o, \quad X_6 - X_4 = o$$

Linien der anderen Erzeugung.

Die sechs Symbole X_λ lassen sich auf $\frac{6.5.4}{1.2.3} = 20$fache Weise zu drei combiniren. Die 30 Kanten der Fundamental-Tetraeder sondern sich also in 20 Gruppen von jedesmal 6, die paarweise zusammengehören. Die sechs Kanten einer Gruppe sind Linien derselben Erzeugung einer Fläche des zweiten Grades, die sechs Kanten der zugehörigen Gruppe Linien der anderen Erzeugung derselben Fläche. Das System der 30 Kanten steht also zu 10 verschiedenen Flächen zweiten Grades, von denen sich jedesmal vier nach einer Kante schneiden, in einer ausgezeichneten Beziehung.

24. Wenn sämmtliche Elementartheiler reell sind, werden sechs der fünfzehn Fundamental-Tetraeder reell. Die übrigen neun Tetraeder sind von der Art, dass sie zwei relle, gegenüberstehende Kanten besitzen, und von

---

*) vergl. Pluecker's »Neue Geometrie«, n. 101.

den übrigen Kanten die gegenüberstehenden conjugirt sind. Zwei zusammengehörige reelle Kanten sind zwei reellen und einem imaginären Tetraeder gemeinsam. Von den 30 Kanten der 15 Tetraeder sind also 18 reell und die 12 anderen imaginär, so zwar, dass die conjugirt imaginären zusammengehören.

Wenn zwei der sechs Elementartheiler imaginär sind, so sind nur zwei der fünfzehn Tetraeder reell. Eins ist, wie die neun Tetraeder in dem vorigen Falle, in sich conjugirt. Die übrigen 12 imaginären Tetraeder sind einander paarweise conjugirt. Von den 30 Kanten werden nur 10 reell, die übrigen 20 imaginär. Von diesen 20 Kanten sind zweimal zwei Kanten conjugirt und zugleich zusammengehörig, während sich die übrigen 16 Kanten in zwei Gruppen theilen, welche conjugirt sind, und deren jede 8 solche Kante enthält, die paarweise zusammengehören.

In dem dritten und vierten Falle endlich, dass vier oder sechs der Elementartheiler imaginär werden, ist nur eins der fünfzehn Tetraeder reell. Von den 30 Kanten sind 6 reell, die übrigen 24 imaginär. Sie theilen sich in zwei, einander conjugirte Gruppen, deren jede 12 solche Kanten umfasst, welche paarweise zusammengehören. Unter den imaginären Fundamental-Tetraedern kommt keins mit nur zwei imaginären Eckpunkten vor. (n. 10).

In dem Falle, dass sechs der fünfzehn Fundamental-Tetraeder reell sind, gelangen wir von einem der reellen Tetraeder zu einem zweiten, und zwar zu demjenigen, welches mit dem angenommenen die beiden Kanten P_3, P_6 gemein hat, wenn wir setzen:

$$p_1 + p_4 = x_1, \qquad p_2 + p_5 = x_2,$$
$$p_1 - p_4 = x_4, \qquad p_2 - p_5 = x_5,$$

und:

$$x_1 - x_5 = 2p'_1, \qquad x_2 + x_4 = 2p'_2,$$
$$x_1 + x_5 = 2p'_4, \qquad x_2 + x_4 = 2p'_5.$$

Es kommt dies auf die directe Transformation hinaus:

$$2\,p'_1 = p_1 + p_4 - p_2 + p_5,$$
$$2\,p'_4 = p_1 + p_4 + p_2 - p_5,$$
$$2\,p'_2 = p_1 - p_4 + p_2 - p_5,$$
$$2\,p'_5 = -p_1 + p_4 + p_2 - p_5,$$
$$2\,p'_3 = 2\,p_3,$$
$$2\,p'_6 = 2\,p_6,$$

und dieser entspricht die folgende Transformation der
Punkt-Coordinaten $(z_1 \ldots z_4)$:

$$\sqrt{2}\,z'_1 = z_1 + z_4, \qquad \sqrt{2}\,z'_2 = z_2 - z_3,$$
$$\sqrt{2}\,z'_4 = -z_1 + z_4, \qquad \sqrt{2}\,z'_3 = z_2 - z_3.$$

Indem wir auch in dem Falle imaginärer Tetraeder
ganz dieselben Umformungen anwenden können, erhalten
wir den Satz, dass die vier Seiten-Ebenen zweier Fundamental-Tetraeder, welche sich nach einer Kante schneiden, so wie die vier Eckpunkte, welche auf einer Kante
liegen, einander harmonisch conjugirt sind.

25. Wir gehen dazu über, die geometrische Bedeutung
der Gleichungsform (26) zu untersuchen. Wir nehmen dabei der Einfachheit wegen an, dass alle Elementartheiler
reell sind, dass also in (26) nur positive Zeichen vorkommen.

Es sei eine Linie des Linie des Complexes bekannt,
deren Coordinaten sind:

$$p_1, \; p_2, \; p_3, \; p_4, \; p_5, \; p_6.$$

Dann gehören demselben Complexe eine Reihe anderer
gerader Linien an, deren Coordinaten durch dieselben
sechs Grössen, zunächst nur in anderer Reihenfolge, gegeben werden. Wir können p_1 mit p_4, p_2 mit p_5, p_3 mit
p_6 vertauschen. So erhalten wir sieben neue gerade
Linien, welche ebenfalls Linien des Complexes sind:

$$p_4, \; p_2, \; p_3, \; p_1, \; p_5, \; p_6,$$
$$p_1, \; p_5, \; p_6, \; p_4, \; p_2, \; p_3,$$
$$p_4, \; p_5, \; p_6, \; p_1, \; p_2, \; p_3,$$

$$\ldots \ldots \ldots \ldots \ldots \ldots$$

Wir erhalten weitere Linien des Complexes, wenn wir
die Vorzeichen von p_1 und p_4, von p_2 und p_5, von p_3

und p_6 ändern. So bekommen wir, einer jeden der vorstehenden acht Linien entsprechend, drei neue, die ebenfalls dem Complexe angehören. Im Ganzen also sind, wenn eine Linie gegeben ist, damit 32 bestimmt.

Diese Zahl leitet sich, wie folgt, unmittelbar ab. An die Stelle von $+ p_1$ kann $+ p_4$, $- p_1$, $- p_4$ treten; ebenso an die von $+ p_2$ und $+ p_3$ bezüglich $+ p_5$, $- p_2$, $- p_5$ und $+ p_6$, $- p_3$, $- p_6$. Wir erhalten also

$$4.4.4 = 64$$

Combinationen und dem entsprechend $\frac{64}{2} = 32$ gerade Linien, weil ein Wechsel der Vorzeichen aller Coordinaten die durch dieselbe dargestellte gerade Linie nicht ändert.

Die Beziehung zwischen diesen 32 geraden Linien ist eine gegenseitige. Sie lässt sich geometrisch durch derjenigen 10 Flächen des zweiten Grades vermitteln, deren jede 12 des Systemes der 30 Kanten der Fundamental-Tetraeder enthält (n. 23). Eine beliebige dieser Flächen ist mit Bezug auf ein passend gewähltes Fundamental-Tetraeder dargestellt durch die Gleichung:

$$z_1 z_2 + z_3 z_4 = 0,$$

wo $z_1 \ldots z_4$ Punkt-Coordinaten bedeuten mögen. Dann entspricht der willkürlich angenommenen geraden Linie mit den Coordinaten:

$$p_1, p_2, p_3, p_4, p_5, p_6,$$

in Bezug auf diese Fläche eine zweite als Polare, deren Coordinaten sind:

$$p_4, p_2, - p_3, p_1, p_5, - p_6;$$

und dies ist eine der vorstehend aufgeführten 32 geraden Linien. So liefert jede dieser 32 Linien in Bezug auf jede der 10 Flächen eine gerade Linie als Polare, welche selbst in der Reihe der 32 Linien enthalten ist.

Wir können sagen, dass mit Bezug auf jede dieser zehn Flächen zweiten Grades der gegebene Complex sich selbst reciprok ist, das heisst: einer

4

jeden Linie des Complexes entspricht in Beziehung auf jede dieser Flächen eine andere Linie desselben als Polare, oder, mit andern Worten: dem von Complexlinien, die durch einen festen Punkt gehen, gebildeten Kegel entspricht mit Bezug auf jede der vorstehend genannten Flächen eine ebene Curve, die selbst wieder von Linien des Complexes umhüllt wird.

Die Bestimmung dieser zehn Flächen ist unabhängig von den in die Gleichung (26) eingehenden Constanten. Unter Berücksichtigung der Grösse dieser letzteren können wir noch weitere Flächen des zweiten Grades angeben, die mit den genannten zehn die Eigenschaft theilen, dass der Complex in Bezug auf dieselben sich selbst entspricht.

26. Die Gleichungsform (26) gibt eine geometrische Construction der Complexe des zweiten Grades. Wir können zunächst diese Form auf die folgende Gestalt bringen:

$$(27) \qquad 2\,P_1\,P_4 + 2\,P_2\,P_5 + 2\,P_3\,P_6 = o,$$

wo $P_1 \ldots P_6$ lineare Complexe bezeichnen. Wir brauchen zu diesem Zwecke nur jedesmal das Aggregat der Glieder:

$$A_{\varkappa,\varkappa+3}(p_\varkappa^2 + p_{\varkappa+3}^2) + 2\,B_{\varkappa,\varkappa+3}\ p_\varkappa \cdot p_{\varkappa+3}$$

in das Product der beiden Linearfactoren:

$$2(\alpha p_\varkappa + \beta p_{\varkappa+3}) \cdot (\beta p_\varkappa + \alpha p_{\varkappa+3})$$

aufzulösen, wo α, β sich durch die Gleichungen bestimmen:

$$2\alpha\beta = A_{\varkappa,\varkappa+3}, \quad \alpha^2 + \beta^2 = B_{\varkappa,\varkappa+3}.$$

Die Complexe $P_1 \ldots P_6$ lassen sich vermöge des Coordinaten-Tetraeders und jedesmal einer ihnen angehörigen geraden Linie, oder allgemeiner, durch fünf ihrer Linien linear construiren *).

---

*) Plückers »Neue Geometrie« n. 29.

Man bestimme die sechs Ebenen, welche einem beliebigen Punkte des Raumes in Bezug auf diese sechs linearen Complexe entsprechen. Wir mögen diese Ebenen ebenfalls mit dem Symbole $P_1,\ldots, P_6$ bezeichnen. Dann lassen sich diejenigen beiden Kanten, nach welchen der Kegel zweiter Ordnung, welcher von den Linien des gesuchten Complexes in dem angenommenen Punkte gebildet wird, eine beliebige dieser Ebenen, etwa P_1, schneidet, als Durchschnitt dieser Ebene mit dem Kegel:

$$P_2\,P_5 + P_3\,P_6 = o,$$

welcher durch zwei projectivische Ebenenbüschel, etwa:

$$P_2 + \lambda P_6,\quad P_3 - \lambda P_5,$$

gegeben ist, construiren. Eine dreimalige Wiederholung dieser Construction liefert sechs Kanten des fraglichen Complex-Kegels. Fünf derselben reichen hin, um denselben zu bestimmen.

27. Wir mögen zum Schlusse die Art der ausgezeichneten Beziehung untersuchen, in welcher die Fundamental-Tetraeder zu dem Complexe stehe.

Einer beliebigen geraden Linie ist, mit Bezug auf einen Complex des zweiten Grades, nach Pluecker, eine zweite als Polare zugeordnet *). Dieselbe steht zu der ersten in der doppelten Beziehung, dass sie einmal der geometrische Ort ist für die Pole der ersten geraden Linie mit Bezug auf alle Curven, die in den durch sie hindurch gelegten Ebenen von Linien des Complexes umhüllt werden; dann, dass sie umhüllt wird von den

---

*) Pluecker's „Neue Geometrie", n. 172. — Das Verhältniss einer geraden Linie zu ihrer Polaren lässt sich auch mit Hülfe der in der 12. Nummer erwähnten einfach unendlichen Schaar linearer Polarsysteme darstellen, welche der angenommenen geraden Linie in Bezug auf den gegebenen Complex des zweiten Grades entsprechen. Die angenommene gerade Linie und ihre Polare sind die Directricen der durch die eingliedrige Gruppe der linearen Polar-Complexe bestimmten Congruenz. (Pluecker, a. a. O.)

Polar-Ebenen der ersten geraden Linie mit Bezug auf alle Kegel, die in den Punkten derselben von Linien des Complexes gebildet werden. Dieses Verhältniss zwischen den beiden Linien ist indess kein gegenseitiges. Zu der zweiten Linie gehört eine dritte, u. s. f. Abgesehen von den Linien des Complexes, die sich selbst conjugirt sind, wird es nur eine endliche Anzahl von geraden Linien geben, die selbst wieder die Polaren ihrer Polaren sind.

Wenn wir in der Gleichung (26) beliebig solche drei Coordinaten verschwinden lassen, welche sich auf drei, sich in einem Punkte schneidende oder in einer Ebene liegende Kanten des Fundamental-Tetraeders beziehen, so erhalten wir zur Darstellung des von dem Eckpunkte ausgehenden Kegels, bezüglich der in der Seitenfläche liegenden Curve eine Gleichung, die nur die Quadrate der übrigen drei Variabeln enthält. Kegel und Curve sind also bezüglich auf ein in Bezug auf dieselben sich selbst conjugirtes Dreikant und Dreieck bezogen. Daraus folgt, dass die im Complexe einer beliebigen Kante eines Fundamental-Tetraeders zugeordnete Polare die gegenüberstehende Kante desselben Fundamental-Tetraeders ist, dass also die Fundamental-Tetraeder in einer solchen Weise ausgewählt sind, dass je zwei gegenüberstehende Kanten derselben gegenseitig mit Bezug auf den Complex conjugirt sind.

28. Nun lässt sich zeigen, dass ausser den dreissig Kanten der fünfzehn Fundamental-Tetraeder keinen anderen Linien mehr die Eigenschaft zukommt, sich gegenseitig in Bezug auf den gegebenen Complex zu entsprechen.

Denn es seien zwei derartige Linien gegeben. Wir wählen sie zu gegenüberstehenden Kanten eines Coordinaten-Tetraeders und beziehen den Complex auf dasselbe. Dann fehlen in seiner Gleichung, wenn wir die beiden gegebenen Kanten mit P_1 und P_4 bezeichnen, die acht Glieder mit den doppelten Producten:

$$p_1\,p_2\,,\ p_1\,p_3\,,\ p_1\,p_5\,,\ p_1\,p_6\,,$$

$$p_4\,p_2\,,\ p_4\,p_3\,,\ p_4\,p_5\,,\ p_4\,p_6\,,$$

und es treten also p_1 und p_4 nur in der Verbindung:

$$a_{11}\,p_1{}^2 + 2\,a_{14}\,p_1\,p_4 + a_{44}\,p_4{}^2$$

auf. Wenn wir also die beiden Formen:

$$P = \underset{\varkappa}{\Sigma}\ p_\varkappa \cdot p_{\varkappa+3}$$

und:

$$\Omega\ (p_1,\ p_2,\ p_3,\ p_4,\ p_5,\ p_6),$$

wie wir statt Ω schreiben wollen, den Gleichungen (25) entsprechend, auf zwei Formen transformiren, die nur die Quadrate der Variabeln enthalten, so wird es gestattet sein, diese Transformation mit den beiden Formenpaaren:

$$2\,p_1\,p_4 \ \text{und} \ a_{11}\,p_1{}^2 + 2\,a_{14}\,p_1\,p_3 + a_{44}\,p_4{}^2$$

und:

$$2\,p_2\,p_5 + 2\,p_3\,p_6 \ \text{und} \ \Omega\ (0,\ p_2,\ p_3\ 0,\ p_5,\ p_6)$$

einzeln vorzunehmen. Damit ist der Beweis geführt, dass die Kanten P_1, P_4 des angenommenen Coordinaten-Tetraeders zu dem System der 30 Kanten der Fundamental-Tetraeder gehören. Und somit haben wir den Satz:

Es sei ein Complex gegeben, dessen zugehörige Elementartheiler sämmtlich linear und von einander verschieden sind. Dann gibt es 30 gerade Linien, welche einander mit Bezug auf den Complex gegenseitig conjugirt sind. Je nachdem von den linearen Elementartheilern 0, oder 2, oder mehr imaginär ausfallen, sind von diesen 30 geraden Linien bezüglich 18, oder 10, oder 6 reell.

Vita.

Am 25. April 1849 wurde ich zu Düsseldorf geboren, wo meine Eltern, Landrentmeister Caspar Klein und Elise Sophie, geb. Kayser, noch augenblicklich wohnen. Meine Confession ist die evangelische. Vom Herbste 1857 ab besuchte ich das Düsseldorfer Gymnasium, bis ich von demselben, im Herbste 1865, mit dem Zeugnisse der Reife entlassen wurde.

Hierauf bezog ich die Universität Bonn, um Mathematik und Naturwissenschaften, unter den letzteren besonders Physik, zu studiren. Es wurde mir das Glück zu Theil, mit einem der bedeutendsten Vertreter dieser Wissenschaften, Herrn Geh. Regierungsrath P ⌒ Dr. Pluecker in nähere Verbindung zu komn mir während zweier Jahre das Amt eines Assist dem physikalischen Institute zu Bonn übertrug u. zur Theilnahme an seinen mathematischen Arbeiten heranzog, — bis der Tod, den 22. Mai 1868, das schöne Verhältniss löste.

Ausser Herrn Professer Pluecker hörte ich die folgenden Herren Professoren und Docenten: Argelander, Bischof, Gehring, Hanstein, Ketteler, Landolt, Lipschitz, Neuhäuser, Nöggerath, Pfitzer, Radicke, Springer, Troschel, denen Allen ich hiermit meinen wärmsten Dank ausspreche. Insbesondere sei es mir erlaubt, Herrn Professor Dr. Lipschitz für die wohlwollende Freundlichkeit zu danken, mit welcher derselbe meine Studien geleitet und gefördert hat.

Thesen.

1. Diejenige canonische Gleichungsform, welche Battaglini seiner Arbeit über Complexe des zweiten Grades zu Grunde legt:

$$\sum_{\varkappa} a_\varkappa \, p_\varkappa^2 = 0,$$

ist nicht die allgemeine.

2. Die Anwendung, welche Cauchy von den in seiner méthode générale, propre à fournir les équations de conditions rélatives aux limites des corps (Comptes rendus, VIII.) entwickelten Principien auf lineare Differentialgleichungen einer beliebigen Ordnung gibt (ibid.), scheint nicht über alle Bedenken erhaben.

3. Bei Erklärung der Lichtphänomene kann die Annahme eines Lichtäthers nicht umgangen werden.

4. Positive und negative Electricität sind nicht als entgegengesetzt gleich zu betrachten.

5. Es ist wünschenswerth, dass neben der Euklidischen Methode neuere Methoden der Geometrie in den Unterricht auf Gymnasien eingeführt werden.

Lightning Source UK Ltd.
Milton Keynes UK
UKHW011856040822
406875UK00002B/57